N&K

Beat Brechbühl

Fußreise mit Adolf Dietrich

Erzählung

Nagel & Kimche

Aktuelle Informationen, Dokumente über
Autorinnen und Autoren, Materialien zu Büchern:

Besuchen Sie uns auf Internet: www.naki.ch

Umschlag: Layout Liaison Corinne Oetiker & Ronny Stocker
unter Verwendung des Gemäldes von Adolf Dietrich,
Zwei tote Säger und Kolbenente in Winterlandschaft, 1947

Foto: Pierre-Antoine Grisoni / STRATES
ISBN 3-312-00251-6

1

Sehreise

Angeklemmt an ein größeres, stand das Häuschen da wie eine schüchterne Schachtel mit Spitzdach und feuchtem Boden. Die Haustür war etwas zurückversetzt, damit dem, der das Haus verließ, die Fahrzeuge nicht grade über die Füße fuhren. Die drei Fenster unter dem kurzen Vordach waren zu, die große Dachgaube darüber verschlossen zwei Bretterflügel. Viel mehr war nicht zu erkennen im erst zu erahnenden Gegenlicht aus dem Osten.

Ich getraute mich fast nicht an die bescheidene und, wie mir schien, zu kleine Haustür zu klopfen. Aber schon nach dem ersten zögerlichen Klopf rief eine krächzende Stimme: Herein, es ist offen. Wie im Kopf und an Gliedern gebremst, tastete ich mich durch den voll gestellten, dunklen Gang. Am liebsten wäre ich gradeaus an den Volieren vorbei durch den Garten zum See gegangen, aber ich stieg die Treppe hinan. Da ich in der Küche hantieren hörte, klopfte ich an die Küchentür.

Kommen Sie. Bei mir geht das ganze Dorf ein und aus, fast immer, Tag und Nacht, ich schließe nie ab. Mögen Sie Kaffee? Hier ist Brot.

Ich hatte schon gefrühstückt, und da er mich nicht aufforderte, mich auf den einen freien Küchenstuhl zu setzen, blieb ich stehen. An der Decke hingen vor seinen Bildern zwei Vogelkäfige mit jetzt noch stummen Singvögeln. Auf dem Wandbrett hinter dem Herd standen einige Eisenpfannen. Im Spülbecken lag viel benutztes Geschirr, im Holzherd erlosch ein kleines Feuer.

Dann können wir gehen. Wenn wir zügig marschieren, sind wir in vier Stunden in Frauenfeld. Der Markt geht eigentlich erst gegen Mittag richtig los, und die Geisterbahn erst am Nachmittag. Kann ich Ihnen auch ein Brot machen?

Nehmen wir Essen mit oder kehren wir ein?

Einkehren ist zu teuer und dauert zu lange. Auf Reisen muss man zu essen dabeihaben. Und gute Reisen dauern immer etwas länger. Hier habe ich eine Flasche Tee, Wasser finden wir unterwegs.

Er bestrich vier Stücke Brot mit Butter, legte je zwei dünne Scheiben Blockkäse dazwischen und wickelte die Brote in Paraffinpapier. Dann wollte er alles zusammen mit paar Äpfeln in ein Leinensäckchen stopfen.

Tun Sie es doch in meinen Rucksack. Darin haben, für den Fall, auch Malzeug und Zeichenblock Platz.

Heute mache ich nichts. Nicht einmal der Fotografenapparat kommt mit. Nur ich und Sie.

Er hatte sich recht ordentlich angezogen. Blaues Hemd mit Kragen, das unvermeidliche Gilet zwischen Hemd und dunkelgrauer Jacke, dunkelgraue Hose, hohe schwarze Schnürschuhe, schwarzer Hut, Regenschirm. Die Turmuhr der nahen Kirche schlug halb sieben.

Könnte es regnen? Ich zeigte auf seinen Regenschirm.

Ob Regen oder nicht, ich muss mich an etwas festhalten können. Haben Sie eine Regenjacke dabei?

Ja, und Sie?

Einen Umhang könnte man vielleicht brauchen. Kann ich den in Ihren Rucksack stecken? Anstelle des Fotografenapparats.

Liebevoll und ausführlich verabschiedete er sich von seinen Kanarienvögeln und Finken und Meisen in den Käfigen, den Hühnern, den Meerschweinchen und den Katzen.

Früher hatte ich noch Ziegen, und ganz früher hatten wir eine Kuh; das schaffe ich nicht mehr. Es ist auch nicht mehr so nötig. Gehen wir, bevor die andern kommen.

Im Dorf war es noch dunkel, als wir das Haus verließen. Er hatte jedoch die Lesebrille vergessen, dann das Portemonnaie, und als wir uns hundert Meter vom Haus entfernt hatten, holte er noch sein Taschenmesser. Wir verließen die Dorfstraße und nahmen einen schmalen, steilen Fußweg, der zwischen eng stehenden Riegelhäusern hindurch und auf der ersten Hügelschulter, etwa siebzig Meter über dem Untersee, als Karrenweg Richtung Steckborn führt. Aus den Häusern drangen Küchengeräusche, gedämpfte Stimmen, Milchkannen schepperten. Das Dorf begann sich zu regen wie ein vorsichtig erwachendes Tier.

Kaum hatten wir die letzten Häuser verlassen, blieb er stehen.

Der See lag da als langsam fließender Teich, die Einbuchtungen auf der andern Seeseite waren greifbar und fern zugleich, dunkle Haarnester. Das Licht unter der leichten Wolkendecke dämpfte die schwachen Novemberfarben zu Streifen von dunklem erdigen Blau, Grün, Braun. Eine Elster stürzte sich, laut vor uns warnend, von einem Baum zum andern, von der gekiesten Seestraße herauf hörte man Pferdegetrappel, das Knirschen der Wagenräder und seltene Rufe der Fuhrleute.

Er stand bewegungslos. Schaute und horchte. In seinem Gesicht und in seiner Körperhaltung war eine freundliche, riesige Neugier.

Da kam eine vierfärbige Katze hinter einem Baum hervor und humpelte auf drei Beinen laut maunzend auf uns zu. Nachdem sie uns mit kritischem Blick einmal umrundet hatte, warf sie sich mir an die Beine, und ich musste streicheln und reden und ihr den Bauch kraulen. Er kam heran und untersuchte ausführlich das lahme Bein.

Schon vor langem gebrochen und schlecht zusammengewachsen, sagte er bekümmert.

Soll ich sie in den Rucksack packen? Wir könnten mit ihr zum Tierarzt.

Bevor die sich in den Rucksack sperren lässt, frisst das kleine Vieh sein Gefängnis mitsamt Inhalt auf. Wir lassen sie laufen. Wenn sie etwas braucht, kann sie zu mir nach Hause kommen, es ist nicht weit. Aber hier sind zwei Elsternfedern, die können Sie für mich einstecken. Übrigens geht man bei uns mit Katzen nicht zum Tierarzt.

Er fuhr ihr mit der Hand noch einmal über den Rücken und sagte ihr eindringlich: Bleibe bitte da. Und: Hier gibt es genug dumme Mäuse, die du auch auf drei Beinen erwischst. Die Katze mochte dies nicht glauben und folgte uns mit stets dünner werdendem Miauen, das nach wenigen Minuten abbrach.

Hören Sie? Ihre Predigt hat gewirkt.

Kaum hatte ich dies gesagt, hockte die Katze zehn Meter vor uns am Wegrand. Sie schien nicht auf uns zu warten. Sie schaute hinter sich und betrachtete intensiv den Weinberg, dann sah sie gespannt auf den See hinunter, hob eine Pfote und leckte sie heftig. Als wir an ihr vorbeigingen, schien sie uns nicht zu beachten. Er sagte: Schauen Sie sie nicht an, sonst kriegen wir die nie mehr los. Als ob sie ihn verstanden hätte, begann sie gleich fein zu plärren, kein starkes, lautes Miauen, sondern ein schwaches, hilfeheischendes.

Gleich schluchzt sie – und wir auch, sagte er. Aber wenn wir sie mitnähmen, das ginge nicht, erst recht nicht im Rucksack, wie ich schon sagte: Die würde darin zum baren Teufel.

Als die jämmerlichen Töne nicht aufhörten, ging er zurück, kniete sich vor sie hin und sprach mit ihr – was, hörte ich nicht, da ich langsam weiterging. Es dauerte, bis er mich eingeholt hatte.

Haben Sie die Humplerin überzeugt?

Ich glaube schon.

Was haben Sie ihr gesagt?

Du kannst wählen: Erstens das mit den Mäusen und dem Hierbleiben, zweitens kommen wir heute Nacht zurück, dann kriegt sie bei mir ein bisschen Milch mit einem Stückchen Brot darin oder drittens, Sie stecken sie in Ihren Rucksack, worin sie gleich erstickt.

Das ist aber Beeinflussung; und was meint sie?

Sie wird zwei Mäuse fangen, die eine auffressen, die andere mit abgebissenem Kopf mir auf die Türschwelle legen und daneben auf die versprochene Milch mit Brot warten.

Er ging immer ein paar Schritte vor mir, dann blieb er stehen, sah stumm auf den See oder untersuchte die Leiche eines Käfers, oder eine Pflanze, oder einen Stein. Dann überholte er mich mit hastigen Schritten, mit sich selber murmelnd.

So gelangten wir zum Weißen Stein, dem sechs Meter hohen Kalksteinfelsen, der wie eine abgeschliffene Nase aus dem Wald herausragt, und in den viele Namen und Herzen und Ringlein und andere Liebesschwüre eingeritzt sind. Ein Bänklein steht davor. Auf diesem sitzend kann man nur von Liebe reden, oder auch darum herum, oder seitlich einen Rebberg betrachten, oder in sich gehen, oder viel oder nichts denken – weil zwei Armlängen vor dem Bänklein mannshohe Büsche und Bäume die Sicht auf den See und in die Landschaft verdecken.

Er sah am Felsen vorbei, als er sagte: Das ist ein uralter Wachtstein. Da sollen schon die Germanen – die Römer haben, scheints, einen Turm drauf gebaut, der sei kurz danach in den Wald hinabgestürzt –, die Alemannen, die Österreicher, die Eidgenossen, die Thurgauer, die Schweizer, alle sollen von da aus nach Deutschland hinübergewacht haben, jaja. Im letzten Krieg wollte sich niemand mehr auf den Stein stellen, weil man Angst hatte, von denen drüben abgeschossen zu werden. Hatten wahrscheinlich Recht.

Wer hatte Recht?

Beide. Ich rede nicht gern vom Krieg. Hören Sie dort unten das Bähnlein? Daran habe ich mitgebaut, als Gramper und Schaufler. Zum Schienentragen gab es Stärkere als mich. Schwellen tragen zu zweit ging grade. Dieses Pickeln und Schaufeln im Takt, zehn, zwölf Stunden am Tag, sechs Tage in der Woche. Die verschwielten Hände brannten, die Gelenke und der Rücken schmerzten, in der Sommerhitze fielen wir fast um, Regen machte die Werkzeuge so glitschig, dass man doppelt Kraft brauchte, Arbeitspausen gabs selten, und die waren viel zu kurz, die Vorarbeiter schrien dich an, wenn du die Nase nicht mit den Fingern, sondern mit dem Taschentuch putztest oder wenn einer zum Pissen einen Baum aufsuchte oder wenn einer einmal das Kinn kurz auf den Schaufelstiel aufstützte. Ihr kommt dann *Gfrässe u Gschisse* zur Arbeit, verstanden!, sagte der, welcher mich einstellte, und irgendwelche Flausen gibts bei uns nicht, verstanden! Ich verstand aber nicht. Traute mich nicht zu fragen. Bis ich kapierte, dass *Gfrässe u Gschisse* hieß, dass man während der Arbeit keine Zeit mit Essen und Häuschenhocken zu verplempern habe und dies strikte außerhalb der Arbeitszeit erledigen müsse, war ich nicht mehr lange dabei. Und was *die anderen Flausen* waren, bekamen wir jeden Tag laut und grob zu hören. Nein, Geleisebau war nichts für mich. Aber ich habe immer ein bisschen gemalt nebenbei, immer.

Nach 1910 fand ich keine andere Arbeit, ich hätte sonst nichts zu essen gehabt. So war das.

Wenn er redete, ging er neben mir, er schaute mich dabei nicht an, sah an mir vorbei in die Ferne, in seine frühe Zeit. Er kniff die Augen zu schmalen Schlitzen, und sein Gesicht bekam etwas Mongolisches. Die Hände hingen ruhig herab, nie gebrauchte er sie, um beim Reden eine Geste zu machen, einen Satz mit Handbewegungen zu beschleunigen oder seinem Sprechen mehr Überzeugungskraft und Gewicht zu geben.

Die Wolkendecke lockerte sich, das Sonnenlicht wurde schwerer, und bald konnten wir unsere leichten Schatten neben uns hergehen sehen.

Auf einem Acker wurden Rüben geerntet, eine Familie mit sechs Kindern teilte sich in die Arbeit. Zwei zogen die Rüben am schütteren Laub aus dem Boden, zwei schnitten die Blätter ab und hackten die stecken gebliebenen aus dem Boden, die zwei kleinsten lasen die Rüben auf und warfen sie in einen Sack, den der Vater aufhielt, zuband, an den Rand des Feldes trug und auf einen großen Leiterwagen legte. Die Mutter ging von einem zum andern und half da und dort. Als wir an dem Acker vorbeigingen, grüßten wir. Der Vater warf grade einen Sack Rüben auf den Karren. Anstelle eines

Grußes sagte er: Die Herren haben wohl das Spazieren erfunden. Ist ja auch ein Wetter dafür.

Ho, wir gehen nur auf den Markt nach Frauenfeld, er da und ich. Ihr seid früh dran. Wollt ihr heute das ganze Feld machen?

Was denkt ihr denn? Die Schüler haben frei. Der Lehrer ist mit dem Fahrrad in ein Auto gefahren und hat sich die Knochen gebrochen. Das muss man nutzen.

Wer war es denn?

Der junge Schaufelberger. Man wusste nicht, dass er nicht einmal Rad fahren kann. In Steckborn gibt es ja kaum Autos. Die hat man der Armee gegeben. Nicht alle können die Wagen jetzt wieder gebrauchen, vier Jahre danach. Aber ich muss in die Rüben. Hab keine Zeit zum Plaudern und Spazieren.

Die schräg stehende Sonne drückte ihr Licht nur mühsam durch die Schleierwolken, unsere wandernden, leichten Schatten fielen lang gegen Westen, den Seerücken hin, dessen Wälder fern und düster erschienen. Es war Dienstag, der 8. November, sonst lag um diese Zeit der Nebel um Thur und Untersee zum Abschneiden dicht, und die Luft war kaum zum Atmen. Erster Schnee war nicht selten. Die Wege waren aufgeweicht, und die Wagen blieben oft stecken, weil die Pferde trotz Winterbeschlag sich weigerten, auf der glitschigen Unterlage schwere Gefährte zu ziehen. Die Autos tuckerten langsam und wie taube Badewannen auf sogenannt befestigten Straßen, das hieß Teer oder Beton. Ausgenommen die seltenen Edellimousinen aus dem Vorkriegs-Deutschland, aus Frankreich oder England; die fuhren auch spärlich, aber sicher. Erkennbar an ihren Weißwandreifen und dem großzügig bemessenen Blechkleid, dem feinen, nervigen Ton des Motors, der gradrückigen Haltung des Fahrers oder, unanständig selten, einer Fahrerin, vermittelten diese Prachtstücke des privaten Geschmacks den Eindruck, auf ein präzises, im voraus exakt berechnetes und bestimmtes Ziel zuzufahren und an diesem Ziel Gescheites, Wichtiges und Einträgliches zu tun. Was das war und hätte sein können, interessierte im Novemberpflotsch nicht, Hauptsache: Es war da, und der Pflotsch auch. Will sagen: solche Autos und deren Besitzer sind sich bei solchem Wetter zum Herumkutschieren zu schade, und deshalb sind beide zu Hause.

Mit solchen spielerischen Gedanken befassten wir uns, als wir die am höchsten gelegenen Häuser von Steckborn erreichten. Gelegenheits-Villen, sagte er, einige Leute darin besäßen gern ein oder mehrere Bilder von mir, sofern diese nur nicht zu teuer sind.

Was ist an diesen Villen Gelegenheit?, fragte ich; ich fand den Ausdruck treffend, aber nicht begründet.

Ho, das sind Leute, die jede Gelegenheit packen und für sich ausnützen können. Das ist eine Gabe, die ich nicht habe. Aber ich weiß, wie man es macht: Man schaltet viele Interessen im Kopf ab, und dafür entwickelt man eines: das Auge für Gelegenheiten. Es gibt immer Dinge, die nicht fest irgendwo angebunden sind. Geld, Vieh, schöne Sachen, aber vor allem Geld. Wenn man diese Dinge richtig verfolgt, und wenn dies die andern nicht merken, bekommt man meistens fast mühelos, was man will.

So was sagt mir ein Maler, den Fachleute naiv nennen.

Ich bin in vieler Hinsicht naiv, aber ob ich so male? Vielleicht, aber die Gattung interessiert mich nicht. Ich male, wie ich kann. Übrigens, da wir grade vor dem Haus stehn: Ich sage Fischers kurz, dass ihr Bild noch nicht fertig ist.

Dr. Hans Fischer, Arzt für Innere Medizin, Sprechstunden Di–Sa 15 bis 18 Uhr. Die Hausangestellte bat uns hartnäckig herein und rief die Frau Doktor. Die war etwas verwirrt über den frühen und unerwarteten Besuch, obschon Dietrich sagte, dies sei gar kein Besuch, er wolle nur im Vorbeigehen, und da wir zudem beinah auf die Malerei zu sprechen gekommen seien, ausrichten, dass das im Sommer bestellte Bild *Herbstblumen vor Abendhimmel* noch nicht geliefert werden könne, weil er so viel zu tun habe, aber dass sie sich nicht sorgen solle, die

Herbstblumen seien zwar nun verblüht, aber er habe genug Skizzen und getrocknete Muster.

Obwohl gesagt war, was zu sagen war, mussten wir uns in die gute Stube setzen, und die Hausangestellte musste hopp hopp einen Kaffee brauen. Der Herr Doktor sei leider schon im Spital, deshalb müssten wir nun mit ihr vorlieb nehmen, aber da sie es sei, die die Dekorationen in ihrem Haus, im Spitalbüro und eigentlich im ganzen Spital vorschlage, sei das ja vielleicht nicht so schlimm.

Schlimm sei gar nichts, beteuerten wir im Duett, nur sei es noch weit bis Frauenfeld, und zu Fuß.

Zu Fuß? Es gibt doch die Eisenbahn oder Fuhrwerke. Und wenn ich Auto fahren könnte, ich würde Sie glatt mit unserem neuen Auto hinfahren.

Nein danke, ich möchte zu Fuß reisen. Alles andere geht mir zu schnell. Da kann ich nicht schauen, verweilen, fühlen. Dann spüre ich den Wind nicht, ich rieche das Wetter nicht und die andern Düfte, höre die Leute nicht reden und fluchen, die Vögel höre ich nicht und das Wasser. Als ich nach Mannheim und nach Heidelberg und nach München reisen musste im Zug, bin ich fast gestorben. Der Zug hat mir die Zeit genommen und kaputtgemacht. Zuerst habe ich gedacht: Jetzt siehst du viel mehr in kürzerer Zeit, es wird faszinierend sein, die Landschaften und Leute wie im Film vorbeiflitzen zu sehen. Dann sah ich: Es flitzte tatsächlich, und zwar alles. Ich verstand nichts, hörte nur Geräuschfäden, das grausame Rattern des Zuges, und die Bilder waren unscharfe, sich bewegende Streifen. Am liebsten wäre ich bei der ersten Station ausgestiegen und zu Fuß gereist. Aber das ging nicht; ich wurde jeweils bei der Ankunft am Zug erwartet. – Entschuldigen Sie die lange Rede. Aber wir müssen gehen.

Sie brauchen sich nicht zu entschuldigen. Ich verstehe Sie vielleicht. Aber Sie, als Maler, müssen doch noch schnell unsere Aussicht bewundern.

Also tranken wir den Kaffee aus und bewunderten schnell.

Herrlich, nicht?, sagte sie und wartete auf begeisterte Ausbrüche.

Ich bin lieber unten am Wasser. Manchmal kommt er halt ins Haus, der See. Aber dann geht er wieder.

Ja, ganz unter uns gesagt: Unser stärkster Wunsch ist ein Haus mit Seeanstoß, ohne öffentlichen Weg zwischen Garten und Wasser.

Ein Weg muss sein zwischen Haus und Wasser. Sonst sind Sie getrennt von den Menschen, und das ist nicht gut, sagte er und drehte ungeduldig den Hut in den Händen.

Darüber könnte man lange reden. Aber wir sehen uns hoffentlich, wenn das Bild fertig ist. Haben Sie schon eine Ahnung, Herr Dietrich?

Am besten, Sie fragen Doktor Buck, Sie kennen ihn. Er kommt besser draus als ich. Er weiß fast alles von mir.

Das Knirschen unserer Schuhe auf dem Kiesweg. Vögel zwitscherten in den Bäumen, von denen die Blätter fielen. Und plötzlich die kurzen, hellen Schreie von Rotmilanen. Beide schauten wir hinauf. In dieser Gegend waren Rotmilane noch seltener als auf der Südseite des Seerückens. Fünf kreisten da oben, Eltern mit drei Jungen. Sie ließen sich von den Winden tragen, sie zogen unsichtbare Linien in den Himmel, die in Mustern übereinander, durcheinander, ineinander flossen und von deren Nutzen wir, die hier unten nicht einmal den Wind spürten, keine Ahnung hatten.

Wahrscheinlich üben sie, sagte er. Zum Jagen kreisen sie viel zu hoch, und mitten am Vormittag jagen sie nicht. Ich könnte mich auf den Rücken legen und ihnen stundenlang zuschauen. Mich mittragen lassen vom Wind. Fliegen. Aber das geht nur im Kopf.

Auf den Feldern, in den Baumgärten und in den Weinbergen passierte wenig. Die Rüben wurden eingebracht, da und dort wurde schon Laub zusammengerecht, die letzten Äpfel wurden mit Stangen heruntergeschlagen. Selten stand Vieh auf den Weiden. Das Land war leer geerntet und schien langsam einzuschlafen, oder auf Regen, Stürme und schließlich Schnee und Eis zu warten.

Mich wunderte, wie der 72-Jährige gut zu Fuß war. Dabei hatte er Bedenken gehabt, weil die Knochen, die Augen und das alles nicht mehr so recht wollten, manchmal sei er nichts mehr wert, möge tagelang nichts essen, nur Wein könne er trinken, aber der allein halte einen ja ziemlich lange am Leben.

Ja, der alte Herr hatte einen Wanderschritt, bei dem ich Mühe gehabt hätte mitzuhalten – wäre er nicht so oft stehen geblieben. Immer wieder musste er die veränderten Wolkenbilder betrachten, mit der Schirmspitze Rossbollen untersuchen, und er freute sich, wenn er darin Würmer, Maden und Käfer entdeckte. Wenn ich den Fotografenapparat dabei hätte, würde ich alles fotografieren, aber dann kämen wir heute nicht mehr nach Frauenfeld.

Auch nicht in einer Woche, sagte ich.

Doch, doch, ich muss morgen wieder malen. Ich kann mir keine Ferien leisten. Ich könnte sterben, bevor die bestellten Bilder gemalt sind. Dann stünde Doktor Buck dumm da. Das würde ihm gar nicht passen. Er allein hat die Übersicht. Ohne ihn wäre ich nichts. Er ist mein Gedächtnis und meine Ordnung. Dabei bin ich doch ein Ordentlicher.

Ach ja?

In der Küche und in der Stube und überall ist zwar oft so eine Schweinerei. Dabei mag ich es nicht, wenn das Bett nicht gemacht ist, alles durcheinander ist oder gräuslich nach Rauch stinkt, weil die Herrschaften wieder einen Tag und einen Abend durchzecht haben, ich mag es eigentlich nicht, dass die Vögel im ganzen Haus herumscheißen – aber so ist es.

Und Ihr Garten ist eine kleine Wildnis.

Ho, das ist eine natürliche Ordnung, wie bei den Tieren, die frei im ganzen Haus wohnen: den Katzen, den Hühnern, den Meerschweinchen, den Iltissen, Käfern, Mäusen, Mardern – und natürlich den Pflanzen. Die Vögel in den Käfigen – diese Ordnung ist vielleicht nicht so ganz frei. Aber sonst würden die wegfliegen, und dann würden sie nur von Katzen und Schlangen gefressen.

Ein Güllenwagen kam uns entgegen. Der Bauer saß auf dem Bock, er hielt die Zügel locker in der linken Hand, in der rechten trug er eine Geißel, mit der er regelmäßig das eine Pferd anstupfte.

Ohä, sieh da, unser Künstlermaler, rief der Pausbäckige als Gruß und hielt die Pferde an. Geht man auf den Markt?

Man geht auf den Markt. Sie haben es erraten. Wie geht es zu Hause, und Ihrem Vater?

Zu Hause ordentlich. Dem Vater geht es nicht gut. Er stirbt bald.

So sollte man das nicht sagen. Es gibt im Leben viel Zähigkeit. Aber ich will nicht predigen.

Hätte auch keinen Sinn. Übrigens: Die Schweinepreise und die Schafpreise sinken wieder, von wegen Markt. Dafür wird alles, was wir brauchen, teurer. Wenn das so weitergeht ...

Ich ahnte, was sich bei der Gesprächsfreudigkeit des Rotbackens entwickeln könnte und wollte langsam weitergehen in der Hoffnung, Dietrich löse sich und komme nach. Aber er traute sich offenbar nicht und machte damit dem Güllner Mut, seinen Worthahn vollends aufzudrehen.

Also, und die in Frauenfeld und die in Bern, diese Halunken, die verdienen sich einen goldenen Arsch und hauen die Spesen auf unsre Steuern und Untersteuern drauf. Ich habe fast eintausend Diensttage an dieser verdammten Grenze geleistet – er zeigte mit der Geißel in Richtung Norden –, und wer hat den Hof durchgeschleppt: mein Vater und meine Frau, und ich stand da unten im Bunker, hatte nichts zu tun als Rapport und Wache und warten und ein bisschen essen und trinken. Derweil hier oben alles zum Teufel ging, und nun sind schon vier Jahre vergangen und wir rappeln und rappeln uns auf, und alles bringt überhaupt nichts – seine Stimme begann, brandig zu werden und schrill.

Ich war stehen geblieben, weil Dietrich demnächst Hilfe brauchte; er stand da wie an die Straße geklebt, unfähig, einen Ton von sich zu geben oder weiterzugehen. Sein Gesicht war dem Wütenden zugewandt, er blickte ihn an, aber er sah ihn nicht, er schaute durch ihn hindurch, machte sich klein, winzig, unsichtbar und tonlos. Er stand da wie ein Denkmal in taubenloser Gegend, wehrlos dem tobenden Bauern ausgeliefert.

Dort, in dem Seitensträßchen, man sieht es exakt, hat der Bolli gepflügt mit seinem neuen Traktor und das ganze Sträßchen unbrauchbar gemacht mit der verdammten Erde an den Reifen, dass jetzt nicht einmal mehr der staatliche Rettungsdienst durchfahren kann! Nein. Und jetzt läuft in dem Sträßchen gar nichts mehr, und ich Idiot bin vom Kanton und Bund und von allen andern derart verseicht, dass – eh, dass – ich schmeiße Bomben!

Hast aber keine, dachte ich.

Da staunst du, schrie er. Nicht? Doch, ich mach euch alle zu Splitterchen, zu Sägeschrott ...

Und was bezweckst du damit, fragte ich, ihn mit tiefem, ernstem Blick fixierend.

Sag nicht Du zu mir, bist sicher ein Hergelaufner, ein Berner oder so was, von denen haben wir genug, ihr könnt ruhig wieder abfahren in euren feinen Kanton, wo die Herren sitzen; die bloß befehlen und nicht arbeiten wollen, deren volles Maul man nur seitlich durch die Haustür bringt und die nur auf uns herumhacken wie fette Krähen und alles wegnehmen wie früher ihre Landvögte!

Er hatte sich vollends in Rage geredet und fuchtelte herum, dass sich die Rösser fürchteten. Immerhin war ich beruhigt, dass ich seinen wirren Ausbruch von Dietrich weg und auf mich gelenkt hatte. Ich kannte solches Geschrei von andern Gelegenheiten; es ging mir nicht so nahe, wenn ich die Verzweiflung, die dahinter steckte, nicht kannte. Meine Unbekümmertheit beeindruckte ihn aber doch so weit, dass er plötzlich den Ton wechselte und meinte: Man kann natürlich über alles reden.

Wozu reden?, fragte ich und tat ein bisschen gereizt. Sie fahren Gülle aus, und wir zwei gehen auf den Markt. Vielleicht war es ein Fehler, dass wir Sie gegrüßt haben. Wenn man auf dem Land aneinander vorbeigeht, grüß ich halt, bin so aufgewachsen.

Ich kenne ja den Adolf schon lange, fiel er mir fast jämmerlich ins Wort.

Kennen? Woher denn?

Ich weiß, wer er ist und was er macht. In Berlingen lässt sich gut leben, wenn man tut, was die Leute von einem verlangen, und wenn man die Schnauze hält.

Sie scheinen heute keinen guten Tag zu haben, sagte ich. Fahren Sie Ihre Gülle aus. Adieu.

Warum hat uns der Mann so angeschrien?, fragte Dietrich, als wir die Straße hinanstiegen. Ich kenne seinen Vater, er hat früher im See gefischt, und wenn der Fang gut war, kriegte mein Vater jeweils ein paar Fische billiger. Den Sohn kenne ich nur vom Sehen. Ich habe beiden, soviel ich weiß, nie etwas zu Leid getan.

Vielleicht liefen wir ihm direkt in seine Probleme. Ich denke, viele Bauern haben das Gefühl, bis vor ein paar Jahren ihre beste Zeit fürs Militär geopfert zu haben.

Aber sie leben, und ihre Angehörigen auch, sagte er. Das erstarrte Staunen wich einem entschlossenen Ausdruck, sein Schritt wurde energisch. Ich kenne die Anspielungen: Hast Glück gehabt, musstest nie ins Militär wie die andern Männer. Dabei wäre ich ohne Murren zur Armee, aber sie fanden, meine Augen seien zu schlecht und mein Körper zu blutarm.

Und was meint der Bauer mit «Schnauze halten»?

Ich tu meine Arbeit. Ich rede, was nötig ist. Fast immer können dies andere besser. Außer wenn ich die Leute unterhalte. Dann rede ich gern und vielleicht zu viel – aber weil die meisten gar nicht zuhören, merke ich es erst zu spät.

Wir kamen an einem kleinen, baufälligen Bauernhaus vorbei. Vor dem Haus wurde geschlachtet: Die Sau war an den Hinterfüßen auf ein schräg gelehntes Brett genagelt, sie hing kopflos, mit aufgeschnittenem und ausgeräumtem Bauch wie zur Selbstbedienung da. Daneben stand die Bütte, in der sie gewaschen und ihre Borsten losgeworden war. Im noch schwach dampfenden Wasser wusch ein alter Mann Schlachtwerkzeuge, seine Frau sah man in der Küche am Fleischwolf hantieren. Der Metzger machte sich daran, das Schwein auf einem Tisch in handliche Stücke zu schneiden. Der Schweinskopf hing an einem Haken an der Wand.

Ho, sagte Dietrich, ihr seid aber zeitig dran mit dem Schlachten. Sonst beginnt man doch erst im Januar.

Der Metzger entgegnete nichts. Der alte Mann blickte misstrauisch auf: Wir müssen schlachten, wenn der Metzger Zeit hat. Wer macht es uns sonst? Mein Sohn will die Kinder nicht dabeihaben. Er ist mit ihnen in die Rüben; wenn du den Höhenweg gekommen bist, hast du sie gesehen.

Haben wir, sagte Dietrich, aber warum sollen die Kinder nicht beim Schlachten dabei sein?

Mein Sohn will das so. Ich sage: Den Tod soll man sehen, besonders, wenn man ihn selber bringt. Man soll auch wissen, was man isst. Man soll wissen, dass man und wie man Tiere tötet, damit wir nicht verhungern – wie die drüben. Er zeigte mit der tropfenden Hand nach Norden über den See. Es ist noch nicht lange her, beinah wäre es aus gewesen mit ihnen, aber sie sind ein tüchtiges Volk, die kommen schon wieder.

Dietrich trat an das tote Fleisch heran und betrachtete alles ganz genau.

Passt Ihnen etwas nicht, fragte der Metzger. Dazu schaute er Dietrich mit einem bodenbösen Blick von der Seite an, als wolle er sagen: Hau ab, sonst gehts dir wie der Sau. Aber Dietrich sah sich jede Einzelheit aus nächster Nähe an: die geschabte Haut, das Hängen des Fleisches, die Schnittstellen, das Gekröse im Kübel, die Klauen. Er berührte nichts mit den Händen, aber seine Augen taten mehr als berühren; man sah es beinah, wie das Gesehene im Gedächtnis gestapelt wurde. Als ich dachte, jetzt wird es dem Metzger zu viel, jetzt jagt er ihn weg, trat Dietrich ein paar Schritte zurück, sagte freundlich, zu beiden gewandt:

Das habe ich als Kind ein einziges Mal gesehen. Von da an hatte ich jeweils einen großen Schrecken, wenn unser Schwein geschlachtet wurde. Das Schlimmste war sein Schreien. Ich hörte es noch zuoberst im Haus, in der Bodenkammer, auch wenn ich mir die Ohren zuhielt und ins Schnäuztuch biss. In den letzten Jahren träume ich ab und zu, ich sei ein Schwein, sehe aus wie der Maler Dietrich, und mir saust ein Hammer auf die Stirn. Dann wach ich auf. Es ist nicht schön, so zu träumen.

Nein, sagte der Metzger. Aber jetzt hörst auf damit, sonst fang ich an zu weinen. Wir müssen arbeiten. Bin ohnehin zu spät dran.

Darum bin ich dafür, dass Kinder sich früh mit dem Tod befassen, sagte der Mann trotzig, dann hast du im Alter nicht solche Träume.

Und du schließt deine Predigt ab und gehst in die Küche, Bratwürste machen, sagte der Metzger zum Alten.

Als wir weitergingen, sprach lange Zeit keiner ein Wort, bis Dietrich plötzlich sagte: Ich weiß gar nicht, warum ich so verrückt gerne Blut- und Leberwürste esse, mit Salzkartoffeln, oder mit Apfelschnitzen, oder mit Makkaroni.

Wir kürzten den Weg ab, das heißt, Dietrich kannte sich so gut aus, dass ich ihm blind folgen konnte, wenn er eine kaum als Fußpfad erkennbare Andeutung von Wildwechsel betrat. Im Sommer ist alles so dicht zugewachsen, dass auch ich nur tasten könnte, sagte er. Aber mir ist es am wohlsten, wenn ich den Boden spüre und die Zweige und die Blätter und die Dornen, wenn ich das Holz rieche und das Moos und die Steine, wenn ich das Knacken der Zweige höre und das Wasser im Bach. Dabei habe ich den Wald gehasst, als ich darin arbeiten musste. Als Holzfäller konnte man mich nicht brauchen, weil ich zu schwach war. Asten hab ich müssen, Stämme schälen, dünne Stämmchen zu Meterstücken sägen, Wege säubern, Waldränder putzen. Mutter hat mir jeweils am Morgen drei Stück Brot eingepackt, eins als Znüni, eins für den Mittag, eins als Zvieri, dazu drei Äpfel und eine Metallflasche voll Tee. Manchmal gab es am Wochenende ein bisschen mehr zu essen, vielleicht ein Stückchen Fleisch vom Schwein oder von einem Kaninchen – ein Kaninchen geteilt durch acht Münder … dabei sah ich die Mutter nie Fleisch essen, doch, vielleicht bei Familienfesten –, und Milch und vielleicht ein Ei.

Dunkle Wolken zogen rasch auf, der Wind wurde scharf und mächtig, Blätter wirbelten herum, in den hohen, nackten Laubbäumen pfiff es. In den Lichtungen drehte sich das Windgewusche wie in einem Kessel, versuchte vergebens, in die Höhe zu kommen, konnte sich nur in die Büsche auffasern, um sich im Waldinnern zu verlieren. Es dauerte nicht lange, und der Herbststurm brachte zuerst beißende, schräg daherpreschende Wassernadeln, dann schlugen Striemen aus Wasser und Graupeln in unsere Gesichter. Der Schirm blieb im Rucksack, dafür hüllte sich Dietrich in den Regenumhang, und ich hatte mit meiner Regenjacke grade nicht zu viel dabei.

Wir drückten uns in einer Waldkuhle mit den Rücken an eine Tanne. Dietrich war für dieses Wetter entschieden zu leicht angezogen. Aber das schien ihm nichts auszumachen. Gespannt schaute er zu, wie der Sturm am Wald zerrte, wie der Regen kleine Äste und Arme voll Blätter mitriss und mit allem, was er kriegte, schräg über das offene Feld schoss. Er sah, wie plötzlich, als geschehe kein Wetter, drei Rehe aus dem Wald traten, sicherten, dann ziemlich gemütlich das Feld überquerten und vier Meter neben uns in den Wald hinaufliefen. Wir hörten das dumpfe Grummeln, es schien tief aus der Erde zu kommen. Dabei ist es nur der Sturm, wenn er auf die Erde fällt, sagte er, aber seine Worte wurden vom Sturmschub weggefegt. Er saß da wie ein kleines, gut verankertes Zelt, aus dem er, mit dem Hut als Zeltdeckel, oben herausschaute. In seinem Gesicht waren Geduld und Aufmerksamkeit. Als ich auf meine Uhr schaute, hob er fast unmerklich die Schultern, als ob er sagen wollte: Und? Was wollen wir tun? Wir sind in der Natur. Einmal ist auch dieser Sturm vorbei. Dann gehen wir weiter.

Auf der Höhe des Seerückens blies uns nur noch ein harscher Wind aus Nordwest ins Gesicht. Meine Frage, ob wir nicht über einen kleinen Umweg nachsehen wollten, ob das einem Bergrestaurant ähnliche Bauernhaus uns etwas Warmes bieten könnte, überhörte er hartnäckig. Zwar war die Zeit für den Znüni längst vorbei, aber wir arbeiteten ja nicht, waren bloß auf Wanderschaft, und so brauchte man erst gegen Mittag etwas zu essen.

Außerdem ist es müßig, sagte er, dauernd ans Essen zu denken. In Frankreich, heißt es, gibt es Mastgänse, die werden nicht wegen ihres Fleisches gezüchtet, sondern denen wird wegen ihrer Leber das

Fressen in den Hals hinuntergedrückt, dann stopft man, wie bei den alten Vorderladern, nach, bis die Tiere kurz vor dem Verrecken sind. In den großen Städten wird diese Gänseleber sehr teuer bezahlt.

Wir sind keine Stopfgänse. Als ich jung war, merkte ich eines Tages, dass ich die Tiere liebte, weil ich sie kannte. Es gab für mich nichts Interessanteres, als Tiere zu beobachten, wie sie sich verhielten, in der Luft, in den Hecken, in der Erde, im Haus, im Wasser. Alle leben ihr eigenes Leben. Aber alle sind mit einem Ort oder einer Umgebung verbunden, meist auch mit anderen Tieren. Viele fressen kleinere, schwächere Tiere, um zu überleben. Als ich dies sah und merkte, fragte ich unsern Lehrer. Er zeigte mir viel. In der Schule hatte er ein paar ausgestopfte Tiere, die konnte ich abzeichnen. Aber ich traute mich fast nicht. Wenn ich sie anschaute und sie mich anschauten, dachte ich mit der Zeit: Die kommen auf dich zu, die rennen weg oder fliegen davon. Es ging mir nicht in den Schädel, dass die so lebendig aussahen und doch tot waren. Ich dachte, die sind vielleicht so ein bisschen mitteltot. Die können, je nachdem, wie sie es brauchen, beides sein; nicht grade zur gleichen Zeit, aber kurz nacheinander. Wenn ich besonders gut schaute und mir alles merkte, käme ich vielleicht drauf.

Und eines Tages spürte ich, dass nicht nur die Tiere für mich so brennend interessant waren, sondern auch ihre Umgebung. Wie alles, was im Frühjahr aus der Erde kommt, wächst, groß und schön wird, zu Äpfeln wird und Trauben, Gras für die Tiere, zu Bäumen, die wachsen und hunderte von Jahren alt werden.

Dann merkte ich, dass ich, auch wenn ich viel schlechter als die andern Kinder schwamm, stundenlang auf den See hinausschauen konnte, immer nur schauen: auf das Wasser, die Wolken, die Höri. Ich hockte draußen auf unserem Steg, auf dem äußersten Pfosten und schaute und schaute, es blieb alles gleich, und doch veränderte sich alles nach und nach und war immer anders. Der Himmel, das Wetter, die Hitze, die Kälte. Und wenn der See zufror, war es am spannendsten. Da konnten wir auf dem Wasser gehen. Ich kam mir vor wie in der Mitte zwischen der Luft und der Erde schwebend, gehend, gleitend – auch wenn sich diese Mitte manchmal ganz schön hart anfühlte, wenn wir ausrutschten und bös aufs Eis schlugen.

Es war die Zeit, in der ich spürte, wie mein Kopf wuchs und im Innern viel größer wurde als außen, wie meine Augen besser und mehr sahen, wie ich das Gesehene behalten konnte, im Gedächtnis und in den Händen.

Dann kam die Zeit der Schwüre. Wir Buben schworen uns alles, was man schwören konnte: Dass ich Fritzens tiefschwarzes Meerschweinchen erben würde; dass mein einzig wahrer Freund Werner mir an meinem zwanzigsten Geburtstag seine jüngste Schwester Käthi zur Frau schenken würde; dass keiner je erfahren sollte, wer zum dritten Mal Rappenspalter Ulrichs Ausflugsboot versenkt hatte; und dann kam eines Tages Vater sehr erregt aus Steckborn zurück: Er hatte im *Gasthof zum Sternen* mitangehört, wie Jägermeister Brunner in nicht mehr nüchternem, aber noch nicht volltrunkenem Zustand auf einen Stuhl stieg und öffentlich schwor, er werde seinen zukünftigen Schwager und Jagdkumpan, Emil Zangger, während einer Jagd versehentlich erschießen, wenn dieser nicht umgehend und öffentlich seiner Braut und Brunners lieber Schwester, deren stattlicher Mitgift und Vater Brunners Bankkonto abschwöre und für alle Zeiten seine Heimat verlasse, mindestens nach Amerika auswandere, doch bei den Chinesen wäre er besser aufgehoben. Das schwöre er, Emil Brunner, hiermit feierlich. Mutter fand, der Schwur sei viel zu lang, um von jemandem behalten, geschweige denn ausgeführt zu werden. Vater entgegnete, er als ehemaliger Polizist könne das richtig einschätzen – einerseits als Prahlerei und Schwulst, anderseits habe der Jägermeister bis jetzt leider alle Schwüre gehalten.

Darauf ging ich hinaus, setzte mich auf den äußersten Pflock unseres Stegs und schwor mir, nur mir selber, dass mich niemand von meinen Tieren, von meinem Himmel, meinem Wasser, meinen Pflanzen und unseren Rebbergen würde trennen können. Niemand, nie.

Aus dem schwarzen Meerschweinchen wurde ein Kaninchen. Mein bester Freund wurde Lehrer; er kennt mich schon lange nicht mehr. Seine Schwester hat mir immer sehr gut gefallen, aber sie war mit einem Lehrer verheiratet und ist jetzt im Altersheim. Der Brunner hat den Zangger während einer Jagd von hinten erschossen; er starb im Zuchthaus. Und ich bin hier mit Ihnen zu Fuß unterwegs.

Endlich, als in der Ferne Frauenfeld zu sehen war, gestattete er, dass wir uns unter einer Linde auf einen Felsen setzten und unsere Brote verzehrten. Obschon es halb elf war, hatte ich einen Mordshunger, und es wäre mir leicht gefallen, etwa fünf, im Vergleich zu den seinen doppelt bestückte, Brote zu verschlingen. Aber die Mastgans-Geschichte und deren Schluss klangen in mir nach, und ich dachte nicht daran, unseren Frieden zu gefährden.

Das Wetter war wieder ganz zahm, vom Graupelsturm war außer Pfützen und höher gehenden Bächen nichts mehr zu merken, aus Westen flogen uns auf einem wärmeren Wind leichte Wölkchen entgegen. Man hätte übermütig werden können.

Da sagte er unversehens: Ich kann nur im Gehen denken. Schon auf dem Fahrrad gehts mir zu schnell, beim Rennen könnte ich auch nicht denken, von noch schnellerem Fahr- oder Fliegezeug nicht zu reden. Sitzend kann ich nur malen – und essen, trinken und reden. Wenn ich auf dem Rücken liege, fällt die ganze Welt auf mich herab und erdrückt mich. Und liege ich auf dem Bauch, muss ich weinen, ich weiß nicht, warum.

Hier kann ich nicht vorbeigehen, ohne rasch hineinzugrüßen. Kommen Sie mit oder wollen Sie draußen warten?

Ich komme mit; notfalls zerre ich Sie weiter.

Wir kommen schon noch rechtzeitig auf den Markt, keine Angst. Wahrscheinlich ist nur die Hausfrau daheim, wie üblich, da geht es schnell.

Aber es war bloß der Mann zu Hause. Er öffnete die Tür in Krankheitskleidung, das heißt in Pyjama und vielfach geschlungenem Halstuch, Schwaden von Kampfer nebelten uns ein. Mit schwacher, schleifender Stimme klärte er uns, was nicht nötig gewesen wäre, über seine ganz furchtbare Erkältung auf, hieß uns in die gute Stube treten; dort sollten wir in ohrentiefe Sessel sinken. Das hatte Dietrich offenbar schon öfters zu vermeiden gewusst; er steuerte wie selbstverständlich das offen stehende Nebenzimmer an, in dem ein normaler Tisch und normale Stühle standen, und ohne zu fragen saß er schon am Tisch und hieß mich Platz zu nehmen.

Der Hausherr machte keine Anstalten zur Verteidigung des Tisches, bedauerte aber, uns weder Kaffee noch Tee anbieten zu können, da seine Frau zu ihrer und seiner Erholung eine Woche in die Berge gefahren sei, wohin wisse er nicht, und sie wisse nichts von seiner Krankheit, es sei ein Jammer.

Dietrich schien nicht arg zuzuhören. Ungeniert sah er um sich, stand auf, ging in den Salon, dann in den Gang. Kam zurück, setzte sich vor dem Tisch auf die Stuhlkante und fragte im Ton des verstoßenen Liebkinds: Wo sind meine Bilder?

Ihre Bilder? Tja, da bin ich überfragt. Ich bezahle die Dinger zwar, aber verlangen Sie von mir nicht, dass ich sie kenne. Sie sind der Dietrich aus Berlingen, nicht wahr, und wer ist dieser Herr?

Ein Freund, wir gehen zusammen auf den Markt.

Wollen Sie dort Bilder verkaufen? – Entschuldigung, es war ein Scherz. Aber was bringt Sie in mein Haus?

Wo sind meine Bilder?, fragte Dietrich, er blieb auf der Stuhlkante sitzen, und sein Blick verlor die übliche Weiche.

Der Herr Direktor – *Landmaschinen* – räusperte sich. Es gibt drei Möglichkeiten für Bilder in unserem Haus: Entweder sie hängen an den Wänden, oder sie stehen im Estrich, oder sie sind weiterverkauft. Wollen Sie im Estrich nachsehen? Ich gebe Ihnen den Schlüssel.

Nein, ich bin nicht Ihr Laufbursche. Allerdings könnte ich Ihnen einen Tee oder Kaffee machen, das kann ich. Was tun Sie gegen die Erkältung?

Arzt und eine ganze Batterie von Medikamenten. Wozu bin ich gut versichert? Eigentlich geht es mir ganz gut: Frau verreist, zu krank zum Arbeiten, zu wenig krank zum Sterben, die Fabrik läuft ohne mich fast besser.

Wo sind meine Bilder, fragte Dietrich im Stil eines Wadenbeißers mit schwachem Gebiss.

Ihre Bildchen sind Sache meiner Frau, Herr Dietrich, die ist nicht da, und damit ist Ihr Besuch zu Ende. Oder haben *Sie* ein Anliegen? Er wandte sich theatralisch an mich.

Nein, das heißt: Herr Dietrich ist der Einzige, der seine Bilder *Bildchen* nennen darf. Ungestraft darf das nicht einmal ein Blinder wie Sie.

Strafe? Sie wollen mich bestrafen? Na, na. Sind Sie vielleicht auch so ein Künstler? Er lachte verzeihend. Ich hätte ihm gern in die Visage gehauen. Aber dafür war mir meine kaputte Hand zu schade.

Haben Sie noch mehr solche Kunden?, sagte ich, als wir wieder unterwegs waren.

Ich suche mir die Kunden nicht aus. Sie kommen zu mir. Ohne Eintrittsprüfung! Ich habe auch Kunden, die kaufen Meerschweinchen, Kaninchen, Hühnermist. Ich handle mit vielem. Ich bin kein Künstler.

Ich wollte nur sehen, ob meine Bilder immer noch im Gang hängen; die Frau hatte mir versprochen, sie ins Gästezimmer zu hängen, damit man sie weniger schlecht sieht. Und heute wollte ich ihr sagen, dass ich die drei Blumenbilder, die sie bis Ende Jahr bestellt hat, jemand anderem verkauft habe. Ich weiß nicht mehr, wem. Doktor Buck weiß es auch nicht.

Hat dieser andere die Blumen wenigstens bezahlt?

Dietrichs Blick war derart, dass ich ihm eine solche Frage nie wieder stellte.

Der Mond war mir zwanzig Jahre lang wichtiger als die Sonne.

Dann war Blau Ihre Farbe?

Blau ist der Mond. Das brennende Rot, mit ein wenig Gelb darin, und glühendes Schwarz, das ist die Sonne. Der Mond und die Sonne. In andern Sprachen ist das Geschlecht der beiden umgekehrt. Von mir aus könnten beide weiblich sein. Es braucht nicht überall Männer dabei. Ich hätte gern eine gute Frau in der Nähe; nicht grade im Bett, dafür bin ich jetzt zu alt. Letzthin wollte sich eine junge Künstlerin bei mir einnisten: Sie wollte halbtags bei mir putzen und Ordnung machen und halbtags unten im ehemaligen Stall malen. Stellen Sie sich vor, ich und eine junge Frau im Haus. Die Leute im Dorf würden sich einen Schranz lachen. Und ich könnte nicht mehr malen. Wäre immer nur ganz heftig dem Weib hinterher. Die Ruth malt nicht schlecht, wenns nach der Kunstschule geht. Aber mir sagt es nichts. Sie hat keine Ahnung vom Mond und der Sonne und dem Wetter.

Aber vielleicht hat sie eine Ahnung von der Liebe. Vielleicht wollte sie Ihnen ihren Körper schenken. Oder ihre Seele. Oder beides.

Ich denke, sie war verzweifelt. Ich fragte sie, warum. Sie wollte darauf nicht antworten. Ich hatte große Mühe, ihr das Vorhaben mit mir auszureden. Sie schluchzte, weinte, als wäre sie tief in mich verliebt. Ich fror und wusste nicht, was sagen. Ich hatte noch nie jemanden so abgewiesen, schon gar nicht eine Frau. Aber irgendetwas stimmte nicht. Als ich ihr einmal in die dunklen Augen sah, schoss mir der Gedanke durch den Kopf: Dort, in den Augen, wohnt ihr Tod.

Vor zwei Monaten hörte ich, dass sie gestorben ist. Ich weiß nicht wann, nicht wie.

Ab und zu besucht mich Ruth. Sie ist da, aber ich sehe sie nicht. Ich rede mit ihr, und ich bin fast sicher, dass die Tiere uns zuhören und das meiste verstehen. Manchmal schäkern wir, fast liebeln wir miteinander ein wenig herum.

Seit man mir sagte, dass sie tot ist, kommt sie öfter zu mir. Es heißt doch, dass es Fälle gibt, wo

Menschen als Tote lebendiger sind als zu ihren Lebzeiten. Sie ist fröhlicher als damals. Ich sehe den Tod nicht mehr in ihren Augen. Ihr Lachen kugelt leicht in meinen Ohren, und ich fühle mich gut. Manchmal möchte ich sie berühren, sie in die Arme nehmen und ihre Haut spüren, ihren Atem, ihr Haar. Ich möchte sie streicheln und drücken und mit ihr reden, möchte ihr sagen: Du gefällst mir, nie hat mir ein Mensch so gefallen, nie hat mich eine Stimme so eingesponnen, nie waren mir Bewegungen eines Körpers derart sympathisch. Ich laufe ihr nach, in alle Zimmer, treppauf, treppab.

Abends, wenn es dunkel wird, will sie nicht mehr, wie früher, nach Hause – erst dadurch merkte ich, dass ich keine Ahnung hatte, ob Ruth überhaupt ein Zuhause gehabt hat und was für eines. Ich weiß nicht, ob sie bei den Eltern wohnte oder bei einem Mann, vielleicht hatte sie sogar ein Kind; vielleicht hat sie deswegen immer weggehen wollen, abends und am Wochenende. Ich hatte mir nie darüber Gedanken gemacht, ich habe mir nur immer gesagt: Nein, das kommt nicht in Frage, meine Arbeit, und was würden die Nachbarn sagen, das ganze Dorf. Alle hätten sich gerne und mit großem Einsatz das Maul verrissen, das Dorf hätte gar keine Zeitung und kein Radio mehr gebraucht. Ich wäre der Zirkus gewesen, abends, auch wenn Ruth nicht da gewesen wäre, hätten sie in den Nachbarhäusern hinter den Fenstern gesessen, um vielleicht in meinem Wohnzimmer und Schlafzimmer etwas zu sehen, irgendetwas.

Aber dafür hätte Ruth meine lieben Kumpane, die schon ab Mittag in meiner Stube sitzen und meinen Wein trinken und Sprüche machen und einschlafen und Karten spielen und nichtsnutzig tun – die hätte Ruth alle rausgeschmissen. Zuerst hätte sie ihnen gesagt, dass wir beide nicht arbeiten können, wenn das Haus immer voller Leute ist, die eh nichts kaufen. Dann hätten die Männer dumme Witze gemacht, bis Ruth einen nach dem andern am Kragen gepackt und rassig die Treppe hinunterspediert hätte. Dann wäre sie nach unten gegangen, sie hätte die Türe abgeschlossen, wäre heraufgekommen, hätte die Arme um mich gelegt und mich lange geküsst. Und sie hätte dabei kein Wort gesagt. Und ich hätte auch nichts sagen müssen.

Ja, so hätte es gewesen sein können. Aber ich würde darauf bestehen, dass sie nachher die Tür wieder aufschließt. Die Tür wird hier nicht zugesperrt, auch nachts nicht.

Heute Morgen habe ich abgeschlossen, weil ich nicht zu Hause bin. Aber sonst – darum könnte ich in einer Stadt nicht leben, hinter verschlossenen Türen arbeiten, die Zeit vertrödeln, schlafen, essen, nein, das geht doch nicht. Die Tiere könnten nicht ein und aus, und die Menschen auch nicht, allen würde ich damit sagen: Ich will euch nicht, haut ab, ich will allein sein.

Ich kann gut allein sein, so gut, dass ich es nicht merken würde, wenn ich ganz allein wäre. Aber trotz der vielen Leute, die jeden Tag zu mir kommen, bei mir herumsitzen und reden und trinken – wenn sie gegangen sind, bleibt ein Loch in der Luft, es schmeckt fad und bitter. Das Loch zieht mich durch sich selber aus mir hinaus. Ich weiß, das klingt kompliziert. Aber so habe ich mir das ausgedacht. Dieses Alleinsein ist anders. Ich kenne verschiedene Alleinsein: Eines brauche ich, damit ich atmen kann; ich bin dabei ganz zufrieden mit mir. Das andere Alleinsein tut weh, es sticht ins Herz, das Blut in den Adern wird kälter, es fröstelt mich.

Manchmal sind Kinder bei mir. Die Frauen holen sie ab, die Kinder müssen auf dem Feld arbeiten, Schulaufgaben machen, abendessen, im Sommer dürfen sie noch eine Weile an den See, ins Wasser, dann gehts ins Bett. Die Frauen kochen, putzen, essen, arbeiten, manchmal bleibt eine zehn Minuten bei mir sitzen und fragt, ob sie für mich einkaufen solle oder Ordnung machen oder putzen, ob ich genug esse, ob ich Kleider zu flicken habe. Wenn sie das abgefragt haben, gehn sie. Die Kumpane, ach, ich mag nicht über sie reden.

Und jetzt ist alles anders. Niemand sieht Ruth kommen. Niemand weiß, dass sie bei mir ist. Die

Tiere erzählen keinem, wie wir miteinander reden und was wir sonst noch zusammen machen. Auch die Tiere mögen Ruth. Wenn sie bei mir ist, bin ich zu den Tieren noch milder als sonst. Das merken sie, und sie tun dann, als wäre ich überhaupt nicht da, erst wenn sie Hunger kriegen, bin ich bei ihnen wieder beliebt.

Ruth bleibt manchmal über Nacht. Da kann es vorkommen, dass ich den Schlüssel in der Haustür drehe und von innen stecken lasse. Auch auf der Seeseite schließe ich ab. Dann gehe ich in die Schlafkammer, lege mich in den Kleidern aufs Bett und habe schöne Gedanken mit Ruth. Später schlafe ich ein, auch wenn es noch gar nicht Abend ist.

Eine Fußreise mit Dietrich ist nicht einfach. Er hat einen eigenartigen Rhythmus. Da geht er schleppend, stößt Steine vor sich her, geht, als ob er Jahre Zeit hätte, oder als ob er den Markt nur als Vorwand nähme, um mit den Schuhen Steine vor sich her zu stoßen. In diesen Momenten komme ich mir überflüssig vor. Was er jedoch immer zu merken scheint: So, gehen wir wieder rascher, Entschuldigung, ich habe mich ein bisschen vergessen. Dann marschiert er wie ein junger Mann, ich kann fast nicht mithalten, er redet kaum, höchstens über die Verkaufspreise seiner Kaninchen, Vögel, Meerschweinchen, und dass ihn ein gewisser Tierhändler aus Frauenfeld übers Ohr hauen wolle, aber nichts da, manchmal sei auch er ziemlich schlau.

Dann wieder bleibt Dietrich abrupt stehen, scharrt mit dem rechten Schuh etwas aus dem Straßenkies, es ist ein Hufnagel, er reinigt ihn mit Fingern und Taschentuch und steckt ihn in die Tasche. Drei Schritte weiter sieht er ein Messingringlein am Boden, er hebt es auf, reinigt es mit Fingern und Taschentuch, steckt es in die Tasche. Dort liegen schon: ein fremdes Taschentuch, ein leeres Bonbondöschen, ein Holznagel, ein Kettenglied, ein Zwanzigrappenstück. Es ist gut, sagt er, immer auf den Boden zu schauen, manchmal finde ich Geld. Ich habe vor neunzehn Jahren kurz nacheinander zwei Fünffrankenstücke gefunden, die hab ich aufs Fundbüro gebracht. Nach einem Jahr konnte ich sie wieder abholen und behalten. Banknoten habe ich noch keine gefunden, wahrscheinlich werden die auch nicht verloren. Oder der Wind trägt sie fort.

In meinem Rucksack stecken noch weitere Fundstücke: eine stark verbeulte Teeflasche aus Leichtmetall, ein dreiteiliges Zugkettenglied, eine leere 1-Liter-Glasflasche *Ramseier Süßmost*, ein kleines Küchenmesser ohne Griff. Irgendwie, sagt er, kann man das immer gebrauchen. Es ist schade, wenn die Dinge herumliegen und kaputtgehen. Ich habe zum Beispiel noch nie Taschentücher gekauft; ich habe sie alle auf der Straße gefunden. Zu Hause wasche ich sie. Die mit Monogramm mag ich am liebsten, ich bin dann immer falsch angeschrieben, wenn ich mir die Nase schnäuze.

Ja, und dann rennt eine Maus vor uns davon, eine Amsel fliegt auf, eine Blindschleiche gleitet ins Gebüsch, in der Luft kreisen Milane, auf den Feldern wird noch gepflügt. Bei allem bleibt er stehen, betrachtet es kurz oder auch länger, nichts scheint ihm zu entgehen, nichts lässt er ungeschaut. Oder er sieht in einem Feld eine verspätete Herbstzeitlose, die muss er sich anschaun und dann die Umgebung examinieren: Warum blüht die so spät, ist da ein anderer Boden, vielleicht Lehmboden. Aufregend sind die Bauerngärten am Straßenrand, und wehe, die Bäuerin ist zufälligerweise noch zugange. Dann kommen alle drei nicht um ein ausführliches Fachgespräch über das nun bald vergangene Blumenjahr herum, und da ich selber auf einem Bauernhof mit Gärtnerei aufgewachsen bin, kann ich dem Gespräch gut folgen.

Ho, mein Dorf soll ich beschreiben. Warum? Mein Dorf ist ein Nest, ein Vogelnest am Boden. Ich habe von Inseln gehört, auf denen gibt es keine Bäume, deshalb müssen die Vögel ihre Nester am Boden bauen, oder auf einem Steinhaufen, oder in einem Mäuerchen. Ich wohne am Rand dieses

Nests, kann die Füße ins Wasser des Bodensees halten, kann über den Steg direkt ins Ruderboot steigen und das Nest auf dem Wasser nach Norden oder mit dem Zug nach Westen und Osten verlassen. Kann zu Fuß den Seerücken hinauf nach Süden wandern, oben auf dem Seerücken kannst du zuerst verschnaufen und tief durchatmen, vor dir liegt das Thurtal, dann Hügelzug um Hügelzug, die bemerkst du erst, wenn dazwischen wie Räuchlein leichte Nebel liegen, dann siehst du auch das Grün Blau Schwarz Braun dieser anderen ruhig daliegenden Rücken, und mittendrin steht der Säntis wie ein erstarrtes Reptil im Hügelsee, und alles ist immer gleich, und alles ist zu jeder Minute anders, du brauchst dich nur umzudrehen, schon haben sich in deinem Rücken die Welt und das Wetter verändert, und du selber bist eine halbe Körperdrehung älter geworden, oder es ist mit dir weitergegangen. Und dort ganz hinten sind die fernen Voralpen und Schneeberge.

Wenn ich auf dem Seerücken stehe, will es in mir immer winken, immer möchte ich den Bergen zuwinken, dem Gras und der Luft. Aber das käme mir ein bisschen lächerlich vor, es kommt oder geht ja niemand, dem ich zuwinken könnte. Aber ich kann das Winken nicht unterdrücken, also mach ich es mit den Augen. Nicht dass ich wie eine Diva wild in der Gegend herumplinkere, nein, ich schaue alles an. Ich schaue jeden Hügel, jeden Baum, jedes Bächlein an, das Wasser darin, jeden Strauch, jede Person, jedes Tier, ich schaue alles an.

Manchmal scheint mir, das Angeschaute trete durch meine Augen wie durch eine Haustür in mich ein, und dann gehört es mir ein bisschen, bleibt eine kurze Weile in mir, ganz nah, ganz warm, oder kühl, oder nass, oder fein, oder rau, oder spitzig. Dann schaue ich das Nächste an, und das Vorangegangene verblasst, verschwindet ganz – oder wandert in die Buchhaltung, wird aufbewahrt im Gedächtnis.

Würden meine Augen nichts mehr sehen, ich hätte so viele Dinge im Gedächtnis, ich könnte jahrelang davon leben. Bräuchte nichts Neues zu sehen, könnte da sein und mir meine Fundstücke ansehen, wie Filme oder Fotos. Könnte meine blinden Augenfinger ins Lager schicken, dort können sie Bilder abholen, Leben, Geräusche, Lärm, auch vieles von mir – nur den Krieg nicht. Den Krieg will ich im Gedächtnis belassen. Er klopft dort zwar dauernd gegen die Wände, doch jetzt ist nicht die Zeit dafür; sie wird schon kommen. Ich bin aber zufrieden, dass meine Augen noch sehen. Du kannst nicht immer nur Dörrfrüchte, Eingemachtes, Konserviertes essen, du brauchst frische Früchte, frisches Wasser.

Mein Dorf steht also auf einem Hügelfüßchen, auf Steinen und Erde, die der Hügel und der Frost herabgeworfen oder die Wässer heruntergeschwemmt haben. Das Füßchen wurde mit den Zeiten immer ein bisschen breiter, und heute haben eine Bahn und eine Straße und Häuser darauf Platz, und 813 Leute – der Letzte, der Dreizehnte bin ich, das ist so. Das will ich so haben.

Wie ich mich fühle in meinem Dorf?, fragen Sie.

Ho, das ist so eine neumodische Journalistenfrage. Wie *fühlt* man sich dort, wo man geboren wurde, wo man aufwuchs, wo man jeden Menschen kennt, jedes Haus, fast jedes Haustier, die zahmen und wilden Tiere kennt, wo du die Erde auf deinem Äckerchen hunderte Male umgegraben hast, wo du den Wein selber pflanzt, pflegst, keltern lässt und schließlich selber trinkst – wenn dir die Kumpane etwas übrig lassen. Wie *fühlt* man sich dort, wo man das Wetter kennt – auch wenn es uns manchmal überrascht –, wo man jedes Haus und jeden Baum aus dem Gedächtnis zeichnen könnte, auch alle Erwachsenen und die Kinder. Und die Tiere und die Pflanzen. Ich weiß nicht, wie man sich da fühlen soll, wenn Sie so fragen. Ich bin hier. Manchmal geht es mir gut, manchmal habe ich Sehnsüchte, manchmal ärgere ich mich, manchmal bin ich, für ein kurzes Zeitchen, mit mir und allem zufrieden, manchmal hab ich den Rappel, dann lassen mich die gescheiten Leute in Ruhe und am besten allein.

Ho, Sehnsucht wonach? Warum mir etwas verleidet? Was mich zufrieden macht? Warum ich den Rappel kriege? Das geht doch allen so. Ich mache das mit mir selber aus. Warum soll ich Ihnen das auf Abfrage erzählen? Ich bin nicht beim Psychiater. Und wenn ich Ihnen etwas erzähle, tu ich das freiwillig. Ich habe früher vieles unfreiwillig machen müssen. Mit zunehmendem Alter sage ich mir: Ich will, was ich tue, gerne tun, mit Freude, und wenn es gelungen ist, möchte ich Befriedigung spüren. Und wenn etwas nicht so gut gelingt, ärgere ich mich über mich, grummle mit mir, aber das ist selten.

Mein Versuch zur Beschleunigung unserer Reise hatte nur kurzen Erfolg. Auf einem Break fuhr uns ein Bauer entgegen. Wenn er uns wenigstens überholt und mitgenommen hätte auf dem Weg nach Frauenfeld! Aber nein, der musste von Frauenfeld kommen. Kurz vor unserem Zusammentreffen bog er in ein Sträßchen ab, das offenbar zu seinem Hof führte, und hielt an. Schon von weitem hatte ich gesehen, dass die beiden sich kannten.

Ho, der Rutishauser.

Ja, der Dietrich. Gehts auf den Markt?

Das siehst du ja.

Komm schnell auf einen Schluck herein. Vielleicht kommt der Herr auch.

Rutishauser stieg tatsächlich vom Bock herab

und gab uns die Hand, das heißt, seine Hand war hart wie eine Holzklammer und drückte meine kleine Hand zu einem Beutel aus Knochen und Haut zusammen. Seinem rotbrechten Vierkantschädel mit den strengen Furchen, den buschigen Augenbrauen, dem sachlichen Blick seiner hellen Augen und seiner untersetzten, entschieden sich bewegenden Gestalt zu widersprechen, hätte kaum genützt.

Er sprach in kurzen, einfachen Sätzen mit Dietrich, und dieser brauchte offensichtlich, wenn er nicht wollte, nicht zu antworten, oder dann mit Ho, Ja, Nein oder mit seinem gewohnten zögernden Jaääeii, was alles heißen konnte.

Rutishauser führte das Pferd am Zügel, Dietrich ging neben ihm, ich lief als fünftes Rad des Breaks hinter dem Gefährt. Vom Hof her kam ein Berner Sennenhund gerannt und überfiel die zwei Männer mit überschwänglicher Freude, bevor er mich entdeckte und an mir seine Schlabberorgie durchführte. Ich muss einen starken, aber weiblichen Eindruck auf ihn gemacht haben, denn er begann wie wild an mein linkes Bein zu hoppeln, und ich konnte ihn nicht beruhigen, bevor der Hundesamen an meiner Hose herunterlief.

Rutishauser schien das heftige Tun seines Hundes nicht ungewöhnlich zu finden. Jedenfalls rief er mir zu: Das Zeug können Sie am Brunnen abwaschen, dann sieht mans nicht mehr.

Am Brunnen wusch ich also das Zeug von meinen Kleidern, der Hund schnupperte immer noch freudig erregt an mir und meiner nun nassen Hose. Dietrich fragte: Hat er Sie versaut?

Er hatte sexuellen Druck, sagte ich. Dietrich murmelte etwas, drehte sich wie unangenehm berührt ab, dann betraten wir die gute Stube des Hofs. Darin standen wenige Möbel, alle aus Tannenholz, nur der Tisch war Eiche massiv, aber es war kühl, ungemütlich. Rutishauser rief nach seiner Frau, die, als ob sie hinter der Tür auf das Kommando gewartet hätte, umgehend hereinkam, uns schüchtern die Hand schüttelte. Rutishauser sah mich von der Seite an und fragte in einem Ton, dem wieder nicht zu widersprechen war: Sie nehmen auch einen Apfler. Die Hausfrau schenkte drei Gläser voll. Als ich sie fragte: Und Sie?, schüttelte sie den Kopf, stellte die Flasche auf den Tisch, verließ die gute Stube und machte sich in der Küche zu schaffen.

Rutishauser hob das Glas, prostete uns zu, auf Adolf und seine Arbeit, dieser senkte die Augen, beinah vergaß er zu schlucken. Hopp, Adolf!, oder magst du keinen Schnaps mehr?

Ich mochte ihn eigentlich immer, aber nur ganz wenig. Ich bin ein Wein- und Wassertrinker, du weißt ja.

Dann sprachen sie über den Wein, der in diesem Herbst zu wenig Sonne gekriegt hatte, über die Apfelernte, die nicht schlecht war, aber etwas besser hätte sein können, auch die Kartoffeln waren nicht schlecht, und am Gemüse musste man nicht sparen. Die Hühner waren nicht so faul wie auch schon, das Getreide wurde im ungünstigsten Moment, nämlich kurz vor dem Reifen, noch hoch und grün, von einem Gewittersturm flach auf den Boden geschlagen, was zum Mähen verdammt mühsam war. Der ältere Sohn würde den Hof übernehmen, und der Jüngere war kurz nach dem Militärdienst nach Kanada ausgewandert.

Versorgst du immer noch dein Gärtlein und die Reben oben am Hang?

So gut es geht. Halt nicht mehr so schnell, und den Mist kann ich seit zwei Jahren nicht mehr selber hinauftragen. Irgendwann werde ich den Gemüsegarten und die Rebzeilen abgeben, ich weiß nur noch nicht, wem und wie. Bis vor vier Jahren hätten die Leute mir beides aus der Hand gerissen, aber jetzt haben anscheinend alle wieder genug, zum ersten Mal vielleicht.

Was macht die Malerei, hast du Aufträge?

Ho, es geht. Aufträge habe ich viele, fast zu viele. Aber man soll nicht jammern, sondern dankbar sein.

Ja, das soll man.

Als das Gespräch in zahmer Langeweile zu versinken drohte, hupte es draußen. Das muss Katrina sein, sagte Rutishauser, als wüsste sie, dass Dietrich da ist.

Herein kam eine mollige Frau um die sechzig. Sie strahlte übers ganze Gesicht, wollte ihren Mantel aber nicht aufhängen, sie legte ihn flüchtig über eine Stuhllehne, begrüßte Rutishauser und mich, steuerte auf Dietrich zu. Der duckte sich mit fast ängstlichem Blick, schien sich verflüchtigen zu wollen, aber auf seinem Stuhl in der Ecke blieb ihm kein Ausweg, und der Boden tat sich auch nicht auf. Rutishauser hingegen erhob sich schnell und hatte dringend draußen zu tun.

Adolf, mein lieber Adolf, es ist so schön, dich zu sehen. Ich bin fast zufällig hier. Als ich sah, wie ihr euch an der Kreuzung getroffen habt und dann zum Hof gegangen seid, habe ich mich rasch umgezogen.

Der so herzlich Begrüßte erhob sich endlich. Seine Verwirrung war derart groß, dass er kein Wort herausbrachte und sich am Stuhl festhielt. Katrina streichelte mit beiden Händen sein Gesicht, dann umarmte sie ihn und drückte ihn an ihren warmen Körper. Als ich sah, dass ihm die Tränen übers Gesicht liefen, ging ich ans Fenster und schaute mir die Landschaft an. Sie sagte ihm liebe Worte. Er schluckte und schluchzte. Nach einer Weile sagte er, du musst mich loslassen, ich brauche ein Taschentuch.

Hast du immer noch Angst vor mir? Adolf, wir

sind doch so alt, dass du vor mir keine Bange haben musst, du weißt, ich will dich nicht mehr heiraten.

Er stotterte etwas von ja, ja und nein, nein.

Aber lieb haben darf ich dich doch noch, oder?

Jaääeei, ich weiß nicht –

Draußen jagte der Sennenhund die jungen Katzen. Als er eine erwischte und mit ihr ziemlich arge Dinge trieb, fand ich es nötig, der Katze helfen zu gehen.

Als wir uns verabschieden wollten, stand Katrina bei Frau Rutishauser in der Küche. Frau Rutishauser fachte Feuer an. Beide wünschten uns einen guten Tag auf dem Markt. Draußen mussten wir noch *Gut Glück* in den Stall wünschen, das heißt, wir mussten die fünfzehn sauber gestriegelten Kühe besichtigen, die mit hochgebundenen Schwänzen auf einem neuartigen Lager aus schwarzen Glassandplatten mit plastischem Rautenmuster lagen und standen. Rutishauser wollte zu den Biografien aller fünfzehn Kühe und sieben Rinder und vier Kälbchen ausholen, als Dietrich sagte: Schön sauber sind sie und gut gefüttert, gratuliere. Und jetzt gehen wir, sonst verpassen wir doch noch einiges.

Der Sennenhund begleitete uns höflich und ohne zu sabbern, mit einem Meter seitlicher Distanz und zwei Meter voraus, bis zur Landstraße, dann trabte er befriedigt zum Hof zurück.

Das Abwärtslaufen macht mir immer mehr Mühe, sagte Dietrich, und das wird bei der Rückkehr am Abend, wenns den Seerücken hinuntergeht, noch schlimmer sein. Wie wenn kleine Nägel in den Gelenkpfannen der Knie wüchsen. Der Arzt hat gesagt, man sollte die Dinger abschleifen. Aber das kann niemand bezahlen, man kann ein halbes Jahr nicht mehr gehen, und schließlich ist es unsicher, ob die Operation klappt. Wenn nicht, kannst du deine Beine fortwerfen.

An den Häusern von Dettighofen vorbei. Keine Bemerkung zum Dörfchen, wie schon vorher in Homburg, in Reckenwil. Dann wirds hungernd, Hungerbühl, Hungerbühlstraße schräg abwärts, auf Pfyn zu.

Ja, die Knie! Ich habe sie mir in dreißig Jahren kaputtgemacht, oder noch länger, als ich, wie alle im Dorf, den Mist in Hutten den Berg hinauf in unsere Gärten und Rebberge trug. Alles haben wir auf unseren Rücken hochgetragen, auch das Wasser, die Pfähle, das Aufgebinde, und schließlich auf den Äckerchen die Erde vom Ende zum Anfang der Furchen, und im Lauf des Jahres ist alles durch das Umgraben und den Regen wieder heruntergekommen. Und ab dem Frühsommer haben wir die Erträge heruntergetragen. Hinauf und herunter, die Muskeln brannten, die Knochen rieben sich knirschend und schmerzhaft aneinander. Und deine Kraft verbrauchte sich, Tag für Tag mehr, der Schlaf brachte immer weniger davon zurück, und doch musstest du wieder an die Arbeit. Wie die Sklaven in den biblischen Steinbrüchen. Nur: wir waren keine Sklaven.

Sisyphos hieß doch der Mann, der immer wieder versuchte, einen Felsen den Berg hoch zu stemmen, und kurz vor dem Gipfel entglitt ihm der Felsen und rollte zu Tal. Nie gelang es ihm ganz – wobei ich mich frage, wie er den Felsblock auf dem Gipfel halten wollte, und wozu! Du stehst oben auf einem Berg, hältst krampfhaft den Felsen fest, der natürlich rund ist, du stehst also auf dem Gipfel und hältst den runden Felsen fest, der mit Gewalt wieder nach unten rollt, und da ist nur deine Entschlossenheit, den verdammten Stein den Berg hoch zu rollen, zu schieben, zu tragen. Du weißt nicht, wozu, niemand weiß, warum. Aber Sisyphos wird die Arbeit weiter tun, bis sich eine neue Generation an diesem Bild festredet. Oder sagt: Was geht das uns an, das ist uns zu mühsam, wir haben anderes im Sinn, das kann uns mal den Buckel runterrutschen.

Aber immerhin gaben unsere Sisyphos-Gärten und Rebzeilen etwas her: Gemüse, Salat, Kartoffeln, Wein, Beeren, Nüsse, Äpfel, Birnen, Zwetschgen, von den Heckenrosen pflückten wir Hagebutten, von den Ebereschen die roten Beeren, vom Weißdorn die harten pflaumenförmigen Früchte, vom Holunder die Blüten- und Beerendolden.

Er beobachtete mich aus seinen Augenschlitzen, auf seinen Lippen lag ein schmales, schüchternes Lächeln, als wollte er sich entschuldigen: Ja, die Ratten. Früher hatte ich das Gefühl, dass sich meine Kopfhaare sträubten, wenn es um Ratten ging. Ich kenne sie eigentlich nur aus den Erzählungen anderer Leute, und die machen diese Tiere meistens schlecht. Ich weiß nicht einmal, ob Ratten, wie es heißt, intelligenter sind als andere Tiere. Ganz sicher gibt es bei den Ratten auch sehr dumme Exemplare, wie bei anderen Tieren und den Menschen. Aber das ist eine andere Geschichte.

Oder doch nicht?

Der Rattentraum? Es ist immer der gleiche Traum. Jedes Mal, wenn er beginnt, sage ich mir: Das ist ein Traum, du brauchst dich nicht zu fürchten. Aber dann gehts los. Ich bin etwa fünfundzwanzig Jahre alt, wohne allein im Haus. Plötzlich ist mein Haus voller hellgrauer Ratten. Sie sind unten im Eingang, laufen die Treppe hoch, in die Stube, sind unter dem Ofen, auf der Ofenbank, in den Vogelkäfigen, sie klettern an den Bilderrahmen hinauf, laufen über die Bilderrahmen, auf der andern Seite wieder herunter, springen auf den Tisch, gucken aus dem Schrank und aus den Schubladen, in der Küche ist alles voller Ratten, im Schlafzimmer, in meinem Bett, ich spüre sie unter der Bettdecke, zwischen den Beinen, am Hintern, sie laufen über mein Gesicht. Dabei piepsen und pfeifen sie ununterbrochen. Einige fressen die Meerschweinchen, indem sie ihnen den Bauch aufbeißen, ich höre, wie sie die Knochen zermalmen, ich sehe, wie jede Ratte nach dem Fraß eines Meerschweinchens mit einem Ruck dicker wird. Die Felle der Meerschweinchen stapeln sie ordentlich in einer Ecke aufeinander. Dann biegen sie mit den Zähnen die Drähte der Vogelkäfige auseinander, schnappen sich die erschreckten Vögel aus dem Käfig, töten sie, indem sie ihnen die Kehle durchbeißen.

Das geht alles sehr schnell und in einem grauslichen Gewühle, es kommen immer mehr Ratten die Treppe hinauf, und ich liege wie gefesselt im Bett. Dann trampeln plötzlich der Gerichtsvollzieher und zwei Polizisten mit schweren Schuhen durch das Rattengewimmel, sie treten auf die Ratten, auf die Meerschweinchen, auf die Federn der Vögel am Boden, und ich liege immer noch wie in einem Schraubstock im Bett; das Blut schießt mir in den Kopf, ich bringe keinen Ton heraus, und die drei beginnen, die Pfannen, Teller, Kannen, Flaschen, die Ess- und Trinkvorräte durch das Fenster auf die Straße zu werfen, und dann werfen sie meine Bilder, die ausgestopften Tiere, das Malzeug, die

Vogelkäfige, die Schrankschubladen hinaus, keiner redet ein Wort, ich höre nur das fürchterliche Fiepen der Ratten, niemand von der Straße ruft: Was soll das, seid ihr wahnsinnig geworden, ich höre auch keine Fuhrwerke, nichts.

Dann kommen sie ins Schlafzimmer und werfen die Bilder, das Nachttischchen samt den Ratten, den Bettvorleger, meine Kleider, alles werfen sie zum Fenster hinaus, aber ich höre immer noch kein Geräusch, wenn die Sachen unten aufschlagen, nur das keuchende Pfeifen der Ratten, und dann wollen die Männer den Kleiderschrank hinauswerfen, aber der geht nicht durch das Schlafzimmerfenster, der geht nur durch das Fenster in der Stube, ich will ihnen das sagen, aber ich bin wie gelähmt, und dann kommen sie auf mich zu, sie grinsen. Ganz langsam kommen sie auf mich zu mit verblassenden Gesichtern, und als sie mich packen wollen, sind anstelle ihrer Gesichter nur noch Löcher, und ich sehe, dass ihre Hände breite, grobe Zangen sind, und genau in dem Moment, als sie mit ihren Zangen nach mir greifen, erwache ich.

Seine Schritte waren während des Erzählens immer langsamer und kürzer geworden, jetzt beschleunigte er sie, und ich hatte auch diesmal Mühe, ihm zu folgen.

Der Himmel verdüsterte sich im Westen, der Wind kam wieder stärker auf, die Wolken wurden in dramatischen, sich ununterbrochen wandelnden Formen nach Osten gefetzt. Er drückte den Hut fest, und gleich musste er wieder eine verrostete Schraube aus der Wasserrinne neben der Straße aufheben und in die Jackentasche stecken. Dann sah er die Milane kreisen, blieb minutenlang stehen, sagte unerwartet: So gut wie die fliegen, wollte ich immer malen. Aber ich kann das nicht erreichen. Ich gebe mir Mühe wie verrückt, es geht nicht. Als wollte ich mit Bleischuhen an den Füßen und den Taschen voller Steine fliegen. Manchmal denke ich, das hast du gut hingekriegt, und wenn der Auftraggeber auch zufrieden ist, habe ich für kurze Zeit das Gefühl, mollmoll, wie der Tischler einen guten Stuhl, so habe ich ein gutes Bild gemacht. Und dann rieche ich den Duft der Blumen und weiß, den hast du nicht hingekriegt, die Blumen auf dem Bild sehen zwar gut aus, aber sie duften nicht. Ich rieche den Rebberg nicht, den ich gemalt habe; die ausgestopften Tiere, die Leute, die ich gemalt habe, riechen auch nicht, und die Straßen und die Felder und das Wasser und das Wetter – alles riecht nicht.

Da muss ich in den Garten oder auf die Felder oder in den Wald oder auf den See, alles hat seinen Geruch, manchmal stinkt es erbärmlich, manchmal macht es einen fast kaputt: Alles ist da, was auf den Bildern fehlt. Und ich sehe die Milane fliegen, das Segeln der Greifvögel, der Dohlen, ja sogar die

Krähen sind recht gute Flieger, wenn sie nicht zu faul sind und glauben, sie seien so schlau, dass sie es sich sparen könnten, gut zu fliegen.

Er blieb wieder stehen, zückte die Taschenuhr, sah lange darauf, ging weiter.

Die Katrina hat mich, als sie noch im Dorf lebte, jahrelang irre gemacht, ohne dass sie es ahnte. Und dann habe ich auf sie gewartet, ohne dass es jemand anderes wusste als ich. Vor zwanzig Jahren habe ich sie gezeichnet. Da war mir schon ziemlich klar, dass ich, vielleicht, allein bleiben wollte. Jedenfalls war mein heimliches Feuerchen für sie heruntergebrannt. Aber vielleicht hat sie sich beim Stillsitzen in den Herrn Maler ein bisschen verliebt. Ich glaube allerdings eher, sie war – und ist – bloß in mein Bild von ihr verliebt. Sie war immer eine aparte Person. Seinerzeit wollte sie mich mit nach Frauenfeld nehmen. Aber ich war nicht von meiner Arbeit wegzubringen.

Ich muss immer weinen, wenn sie mich in ihre Arme nimmt. Nie habe ich eine andere Frau so nah gespürt. Wenn ich ihren Körper hinter dem Parfüm rieche, schießt es mir durch den Kopf: Hast du doch alles falsch gemacht. Hast du zu viel Angst gehabt vor ihrer Kraft. Hättest du sie wenigstens fragen sollen. Das Leben wäre anders verlaufen. Ich wäre nicht so einsam gewesen in den letzten dreißig Jahren. Oder noch einsamer. Ja, lieber ab und zu ein

Kuss und eine Umarmung, als nichts als auseinander zu gehen.

Ich bin Berufsfischer, hatte mir Oskar erzählt, und Adolf Dietrich ist, das darf ich schon sagen, mein bester Freund. Wir sind als Buben fast Haus an Haus aufgewachsen. Leider kann ich nicht mit Streichen aufwarten, die wir zusammen verübt haben. Adolf war ein Lämmchen. Deswegen haben wir ihn auch nicht sonderlich gemocht. Er war viel allein, ging seinen Blumen und Tieren nach, er wollte nie richtig mitmachen, wenn wir einen Knaller planten. Aber mit der Zeit hat Adolf mich immer stärker beeindruckt. Er wusste verdammt viel über die Tiere und die Natur und das Wetter. Später habe ich, wenn ich vom Fischen kam, fast jeden Tag schnell bei ihm hereingeschaut, manchmal hab ich ihm einen Fisch gebracht, ihn ausgenommen und meist auch grad filetiert, dann hab ich ein Gläschen getrunken. Diese Maschinenstrickerei, die er damals zu Hause betrieb, war ja langweilig zum Schwarzwerden. Und eigentlich demütigend, wenn er mir zeigte, was er gestrickt und wie lange er daran gearbeitet hatte und was ihm dafür bezahlt wurde – da verdiente ich an einem schlechten Tag als Fischer nicht weniger. Und damals gab es für uns Fischer, sofern wir uns auf unser Handwerk verstanden, wenige schlechte Tage im Jahr. Jedenfalls war für ihn mein tägliches Hereinschauen eine Abwechslung, an die wir uns, glaube ich, beide gerne gewöhnt haben. Wir haben schon damals, manchmal sogar sehr heftig, über Gott und die Welt geredet, und noch früher mehr über Frauen und etwas weniger über Gott.

Aber Sie wollten etwas über die Kumpane wissen. Das Wort Kumpane kenne ich nur von Ihnen, und ich meine, es klingt nach fehlendem Respekt. Eine Zeit lang war ich deswegen mächtig sauer auf Sie. Für mich waren Sie ein Hergelaufner, der sich bei Adolf einschmeichelte und uns einfache Leute schlecht machte. Sie haben sich aufgeregt, dass wir Adolf bei seiner Arbeit störten, indem wir, sagten Sie, Tag und Nacht an seinem Arbeitstisch hockten, jassten, schwatzten und seinen Wein soffen. Nichtsnutze seien wir, sagten Sie, und weiter: Sie hätten uns alle hinausgeworfen, und wenns hätte sein müssen, durchs geschlossene Fenster, und dann hätten Sie die Tür versperrt und alle Löcher verstopft, damit wir nicht wie Ratten durch die Schlüssellöcher wiederkämen.

Da habe ich Ihnen geraten, Sie sollten sich nicht einmischen, uns in Ruhe lassen und verdammt schnell abhauen. Sonst würde ich Sie und Ihren Hochmut mit Bodenseewasser und Schärferem behandeln.

Und Sie sind gegangen.

Ich hätte es nicht geglaubt, aber es wurde zuerst ein bisschen und dann richtig langweilig. Sie hatten da was angetippt, was wirklich nicht gut war. Abgesehen davon, dass Sie mir nie so grausam unsympathisch gewesen waren, und nicht so kunstwichtig daherkamen. Und wenn ich morgens um vier, fünf auf dem See arbeitete, dachte ich immer öfter: Der Kerl hat womöglich Recht. Wir fragen doch Adolf überhaupt nicht, ob er es mag, dass wir zu jeder Zeit in sein Haus und seine Arbeit hineintreten und bleiben, solange es uns passt. Ich mag es doch auch nicht, wenn jemand mitten in meine Fischgründe platzt, einen Mordslärm macht und damit die Fische verjagt.

Ich habe mir also Folgendes zurechtgelegt. Ich selber darf mich heute wirklich als guten Freund Adolfs bezeichnen. Ich bin immerhin seit Jahrzehnten sein Faden nach draußen und zu den Dorfleuten, und zwar nicht nur bis in den berühmten Nachbarsgarten. Ich hocke auch nicht jeden Tag lange bei ihm. Ich muss ja die Fische ausnehmen und sie austragen und Netze flicken. Wenn ich am Abend nochmals zu einem Jass hingehe, bin ich der Erste, der schlafen geht. Weil ich am Morgen der Erste im Dorf bin, der aufsteht, manchmal noch vor dem Bäcker. Und da ich wie Dietrich ein schüchterner Mensch bin, weiß ich, was sich gehört.

Ich verstehe nichts vom Malen, doch von Adolf möchte ich ein Bild haben. Ich fürchte nur, er denkt einfach nicht daran, mir eines zu schenken. Kaufen möchte ich es nicht, das passt nicht zu unsrer Freundschaft.

Aber ich wollte Ihnen etwas über die Männer erzählen, die Sie als Kumpane bezeichnen. Vielleicht erklärt das auch, warum die sich bei Adolf wie zu Hause fühlen.

Hannes Badertscher stammt vom Seerücken. Er war mit Adolf zusammen bei der Gemeindearbeit im Wald. Er ist als Vollwaise in Heimen und bei Bauern aufgewachsen, hat nie einen Beruf gelernt, hat es als Taglöhner zu nichts gebracht. Zum Glück war er im Krieg noch nicht zu alt, er hat fast die ganzen Jahre als Soldat an der Grenze gelegen, da wurde ihm wenigstens die Stelle nicht gekündigt. Nach dem Krieg ging es bei ihm weiter wie vorher, wenig Arbeit, und wenn er welche hatte, verleidete sie ihm schnell. Immerhin konnte er im Dorf sein Zimmer behalten. Mit wem soll er reden und Karten spielen? Für die Beiz hat er kein Geld.

Christian Schneeweiß kommt aus dem Österreichischen. Er sagt, er stamme aus einer Ingenieursfamilie, aber wir wissen, wie leicht die Österreicher zu ihren Titeln kommen. Er sei Stationsvorstand gewesen, habe eine Familie gehabt, zwei Mädchen, die er über alles geliebt habe. Er habe sogar angefangen, ein Haus zu bauen. Als es fast fertig war, sei ihm die Frau mit seinem besten Freund davongelaufen und habe die Kinder mitgenommen. Solche Geschichten kennen wir ja auch bei uns zur Genüge – und immer mit dem besten Freund. Jedenfalls habe ihn das so grässlich beschäftigt, dass er eines Tages den Kopf nicht bei der Sache gehabt und eine Weiche falsch gestellt habe. Güterzug gegen Personenzug. Dann Gericht und Entlassung aus dem Bahndienst, das heißt, als Gramper hätten sie ihn noch angestellt. Aber er habe genug gehabt und sei nach Zürich in eine Stofffabrik. Von dort ist er in die Strickerei ins Dorf gekommen, und kaum war er da, war es mit der Strickerei zu Ende. Mit seiner Bahnvergangenheit wurde er im Bahnhof angestellt als Lagerarbeiter. Und jetzt ist er pensioniert. Seit ich ihn kenne, will er Maler werden. Er will es bei Adolf lernen, sagt er. Aber Adolf unterrichtet keinen. Sonst hätte er die Ruth aufgenommen.

Auch Schorsch Grand kommt aus dem Ausland, er sagt, aus dem Elsass, er könne so gut Französisch wie Deutsch. Aber wer kann das bei uns nachprüfen. Jedenfalls findet er immer noch, nach dreißig Jahren in der Gegend, dass seine französischen Brocken interessanter klingen und auf uns Eindruck machen.

Wie alle Franzosen, die ich kenne, war er in der Fremdenlegion. Von der erzählt er fast jeden Tag. Aber er ist wenigstens nicht der Held wie die andern, sondern der Hinterletzte, auf dem alle herumtrampeln und der für jeden Mist seinen Kopf hinhalten muss. Ich denke, deswegen hört Adolf ihm hin und wieder überhaupt zu.

Er ist, wenn er nicht zu viel trinkt, ein witziger Kerl, der immer neue Sprüche anbringt. Die meisten hat er aus der Zeitung, die er genau liest, bevor er zu Adolf kommt. Er erzählt dann die Zeitung, sodass die andern sich die Mühe, eine Tageszeitung zu lesen, nicht machen müssen. Wenn ihm etwas über die Leber kriecht, kann er Augen machen, dass es Gott erbarmt. Dann kommen einem grad selber die Tränen, und Adolf erst recht. Ich denke, dass er Adolf ziemlich aufregt, oft hat er etwas Aufdringliches. Zudem hat er die Gabe, alles so zu drehen, dass die andern ihm gegenüber ein schlechtes Gewissen haben.

Peter Meier ist der Ruhigste von allen. Man nähme ihn gar nicht wahr, wenn er nicht in regelmäßigen Abständen von seinem chronischen Husten geschüttelt würde. Adolf hat ihm schon oft gesagt, er solle sich auf Tuberkulose untersuchen lassen, sonst habe er uns eines Tages alle angesteckt. Peter hört das nicht gerne. Er findet, dass die Ärzte zu nichts taugen als zum Rechnungen schreiben. Aber ich bin sicher, dass er trotzdem zum Arzt geht.

Für Peter ist alles ein Spiel. Er scheint nichts ernst zu nehmen, flattert mal hierhin, mal dorthin. Da er aus einer hablichen Familie stammt, musste er Lehrer werden. Das hat er, sagt er, spielend geschafft. Er war nirgends lange Lehrer, fiel kein Treppchen hinauf. Und eines Tages ging er einfach nicht mehr hin. Blieb zu Hause, meldete sich weder krank noch ab. Er schwieg, als der Schulrat Aufschluss wollte über sein Verhalten. Er schwieg auch, als er fristlos entlassen wurde. Er spöttelt nur darüber, mehr weiß ich nicht. Aber wenn Adolf ein Problem mit der Steuer hat, oder eine Frage zur Natur, oder ausgestopfte Tiere sucht, Peter weiß fast immer eine Antwort, oder er weiß, wo man nachfragen muss. Er lässt auch manchmal Wein und Zvieri bringen. Er bewohnt oben am Hang unter den Rebbergen ein winziges Häuschen, allein. Es fehlt ihm anscheinend an nichts. Und trotzdem braucht er uns.

Das ist das Stammpersonal. Manchmal kommen auch andere. Leider, sagt Adolf, keine Frauen. Die begleiten nur ihre Töchter, die Adolf malen soll.

Dietrich verlor seinen weichen Blick, tat offensichtlich Katrina aus seinem Gedächtnis und ließ anderes herein.

Wir machen hier lieber einen Bogen um Pfyn, gehen unten ums Städtchen herum, durch die Au. Ich hab da einen Bekannten an der Käsereistraße, den müssen wir jetzt nicht unbedingt sehen.

Warum nicht, wenn ich fragen darf.

Darum. Es ist nicht nötig.

Eine Hast überkam ihn. Er zog die Taschenuhr, schüttelte den Kopf. Schaute auf die Kirchenuhr, schüttelte den Kopf, fieselte an den Schnurrbarthaaren.

Jetzt haben wir uns tatsächlich ein bisschen arg verspätet.

Es ist doch erst ein Uhr, in anderthalb Stunden sind wir dort.

Trotzdem, wir müssen uns sputen.

2

Geisterbahn

Geisterbahn. Schauerlich widerhallte das Wort im Bubenhirn und hinterließ ein wunderliches Prickeln auf der Haut. Jedes Mal, wenn in größeren Ortschaften Jahrmarkt war, lockte eine Geisterbahn. Die Ausstellungen von Haus- und Nutztieren bis zu Kaninchen, Ziervögeln und Hausschlangen, die Fressalienkrämerei, von der mir nur schlecht wurde, die Kauferei von Kleidern, Lederwaren, Grammofonspielern und -platten, Fotoapparaten, Brillen, Unterwäsche, die ganze Turtel- und Marschmusik, nicht zu vergessen die neuesten Schlager, das alles konnte mir gestohlen bleiben, musste nicht stattfinden oder durfte meinetwegen stehen bleiben als Staffage. Ich wollte nur eines: in die Geisterbahn.

Das heißt: Für mich fand sonst nichts Wichtiges statt. Ich brauchte gar nicht hinzugehen. Um Essen zu kaufen, und sei es noch so schleckerisch – wozu, ich bekam zu Hause genug zu essen. Zudem hatte niemand Geld für Schleckzeug. Hosen schneiderte meine Mutter, Hosenträger und Schuhnesteln aus Leder kaufte man – während des Krieges mit, später ohne Marken – im Dorfladen billiger als beim billigen Jakob auf dem Markt. Wenn jemand so laut schreit, er sei der billigste, ist er es vielleicht im Moment, doch wenn man alles zusammenrechnet, wird die Sache am teuersten, sagten die Eltern, und nicht nur meine.

Doch mir ging es nicht ums Kaufen; ich wusste, dass die Mutter bei Vaters kleinem Verdienst jede Münze zweimal umdrehte, bevor sie sie ausgab. Das sagten auch andere Eltern zu ihren Kindern, und auch die glaubten ihren Eltern. Es ging mir darum, dass andere Kinder auf den Markt durften, es ging mir um den Rummel, die Musik, das Eintauchen in Lärm, phantastische Gerüche, fremde Gesichter, Stimmen und Sprachen. Es ging mir darum, dass auf dem Markt alles anders war als zu Hause. Da konnte das Zuhause noch so spannend sein, die Leute noch so normal oder verrückt: Auf dem Jahrmarkt war alles mehrfach verdreht. Und das gänzlich andere, das war die Geisterbahn.

Wenn ich schon wegen des allmächtig fehlenden Geldes nicht auf den Markt sollte und auch niemand meine Sucht nach anderem begriff – je mehr mir die Eltern den Markt ausredeten, desto stärker zog es mich dorthin. Also brachte ich ihnen bei, dass ich selbstredend wegen meiner Kaninchenzucht auf den Jahrmarkt müsse. Für Eintritt und Standgebühr bräuchten sie nicht zu sorgen, ich würde vor dem Markt ein Kaninchen verkaufen, und so sei alles geritzt. Der erzieherische Wert des Besuchs einer Kaninchenausstellung überzeugte meine Eltern genauso wie mein Finanzierungsmodell. Aber dass du mir auf gar keinen Fall in die Geisterbahn gehst. Sonst darfst du nie mehr auf einen Markt!

Warum nicht Geisterbahn?

Das ist nichts für Kinder. Da werden grausame, unappetitliche, geschmacklose, monströse, gotteslästerliche Dinge gezeigt, die sogar für Erwachsene schlecht sind. Mehr wussten sie nicht; sie waren nie in einer Geisterbahn gewesen. Ich ließ mich von älteren Schülern beraten. Das klang schon konkreter: Zwerge mit vier Köpfen, Frauen ohne Unterleib, aber mit Brüsten, die Ramseiers preisgekrönte Kühe armselig aussehen ließen, Männer mit drei Geschlechtsteilen, Drachen mit sieben Köpfen, brennende Krokodile, gespenstische Höhlen voller kreischender Fledermäuse, Bären, die man auf die Besucher losließ, ein Bach voll brennendem Benzin, die reine Hölle, in der Lumpen und Halunken brieten, wahre Hexen und falsche Fuffzger (was war ein Fuffzger?, für uns ein Fünzig-Rappen-Stück, das zu wenig wert war, als dass man es fälschte). Dazu wahnsinnige Musik aus dem Welt- und andern Alls.

Ja, sagte Dietrich, so war es auch bei mir, fast wörtlich. Aber als Kind traute ich mich nie, und als Erwachsener – auch nicht.

Und so rasend Interessantes sollte ich nicht sehen, weil ich ein kleiner Bub war?, der sich übrigens so klein nicht vorkam, sondern sich in der Welt der Erwachsenen gut auszukennen glaubte, weil er fast alles schon mitgemacht hatte, spielerisch oder mit kräftiger Nachhilfe von Vater oder Onkeln.

So bringt man ein Kind zum Lügen, oder zum Verschweigen, oder zum Schräubeln an der Wahrheit, dachte ich. Denn: Wenn ich es schon bis auf den Jahrmarkt schaffe, lasse ich mir das Größte nie und nimmer entgehen, nach dem Motto: *Ein bisschen lügen oder Das knappe Verfehlen der Wahrheit.* Ich musste einfach ein Kaninchen mehr verkaufen, und dann war noch das Zeitproblem zu lösen, denn Vater kam entweder mit in die Kaninchenausstellung, oder er wartete draußen, wo er Kollegen traf oder Preiswertes einkaufte. Im letzteren Fall wusste er auf die Minute genau, wie lange es dauert, einmal durch die Kaninchenausstellung zu gehen.

Drei Anläufe brauchte es, bis ich es mit einem älteren Freund in die Geisterbahn schaffte. Ich entwischte meinem Vater, und – als das Sündige gelang und ich lebend aus dem großen Wahnsinn zurückkehrte – beruhigte ich ihn mit der Ausrede, ich hätte ihn, oder er mich, im Getümmel verloren.

Es war die größte Enttäuschung meines jungen Lebens. Den Unterleib der Frau ohne Unterleib sah man nicht, ihre Brüste schienen zwar nicht gerade Brettchen zu sein, aber sie waren züchtig bedeckt. Männer mit einem, geschweige denn mit drei Geschlechtsteilen gab es nicht. Die Hölle war ein mickriges Feuerchen, in dem menschenähnliche Figuren aus Metall ein wenig *Huu!, Huu!* schrien und greinten. Die Zwerge waren gewöhnliche Gartenzwerge, die mechanische Handstände boten. Der Bär war ein trauriger, gefesselter Tanzbär, der zum Brüllen und Loslassen auf die Leute viel zu alt war. Die Drachen hatten nur je zwei Köpfe, mit denen sie dümmlich wackelten, das Krokodil machte sein Maul auf und zu, anstelle der Fledermäuse rauschte es ein bisschen in der Höhle, und im Stockfinstern streifte ein Tuch unsere Köpfe, am Tuch hingen wahrscheinlich kleine Zierangeln, die ein wenig kratzten. Die Musik goss ein großes Donnerwetter mit viel *Bumm Bumm* über uns aus.

Ich will trotzdem in die Geisterbahn, sagte Dietrich. Es muss sein. Es ist noch nie jemand mit mir auf den Markt gekommen. Und Sie sind sozusagen Spezialist in Sachen Geisterbahn.

Wenigstens habe ich Sie vor zu großen Erwartungen gewarnt.

Ich nehme, was kommt.

Von mir kann niemand behaupten, ich sei halt ein Träumer und Schwärmer, eine der Lilien auf dem Felde, wie es der Pfarrer nennt, die sich um nichts kümmern, die nur wachsen, blühen, vergehn, Gottes Segen haben, sonst nichts. Das ist mir zu einfach. Ich denke gern. Ich bin zwar nicht gut genug ausgebildet, um so gescheit denken zu können wie die ganz Gescheiten. Ich bin auch zu wenig intelligent; manchmal begreife ich etwas nicht, wie sehr ich mir auch das Gehirn auswinde.

Ich bin einer, der immer nur *eine* Sache denken oder machen kann, und nicht mehrere zur gleichen Zeit.

Ein Träumer bin ich nur nachts. Da kommen die Träume von selbst. Es sind fast immer dieselben.

Ein Tagträumer bin ich nicht. Dazu braucht es Phantasie, ein Gehirn, das Gedanken, die noch ungedacht sind, aufnehmen und weiterdenken kann. Ein Gehirn, das Bilder ohne Vorbild herstellt. Und dies in verschiedenen Formen.

Das kann ich nicht. Ich kann aber etwas, das ich sehe, auf meine Art weitergeben. Wenn ich eine Geschichte höre, kann ich versuchen, sie so, wie ich sie gehört habe, weiterzuerzählen. Ich kann ein Bild aus dem Gedächtnis malen, oder nach einem Foto, oder nach einer Zeichnung, was für mich das Gleiche ist. Aber ich kann mich nicht hinsetzen und ein Bild aus Gedanken malen.

Übrigens: Schlagen Sie zwei Eier, die Sie ganz locker in den Händen halten, natürlich ohne dass sie kaputtgehen, ganz leicht und ebenso vorsichtig aneinander. Was dabei entsteht: das Geräusch oder den Klang, will ich malen können.

Ein Schwärmer. Muss mich das stechen, was andere über mich sagen? Wenn man von etwas gepackt wird und sich ganz hineinlegt mit den Sinnen, dem Körper, den Gedanken – wenn das Schwärmer heißt, bin ich gerne einer. Wenn ich nachts draußen im Garten liege, im nassen Gras, von der Höri herüber schwimmt der Mond, über mir stehen die Sterne zum Greifen nah, das Wasser räuschelt über die Steine, hier und dort rufen Enten und Blesshühner im Schlaf, Marder rennen über die Dachfirste und schreien wie Menschen in Angst, im Gras käferts und würmelts, im Wald rufen die Käuzchen, ein feiner Wind fährt in die Blätter, ich schaue die vielen Dunkel, das wenige Helle, und dazwischen liegen Farben, so verrückte Farben, wie ich sie nie mischen könnte. Oder es regnet: fein aus dem Nebel heraus, oder sommerfrisch und geräuschig, manchmal prasselnd; bei heftigem Gewitter klatscht das Wasser auf den See, als ob die beiden Wässer sich feindlich wären. Die Büsche, Bäume, Dächer tropfen, und es nuschelt und rinnelt. Das ist es, was ich höre, in vielen Nuancen. Ich höre den Regen, die nasse Nacht kann ich berühren. Ich kann sie im Gedächtnis, aber nicht in Händen behalten. Wenn mich frühmorgens die Träume aus dem Bett jagen, geh ich hinaus. Oskar fischt dann schon auf dem See, manchmal sehe ich das Lichtlein am Boot, und im Osten steigt eine Ahnung von Helle herauf, unaufhaltsam und stark, langsam erahnst du drüben die Hügel, das Wasser wird Auge und Ohr. Das Auge wird Fläche, Farbe, Wasser, die Enten und Taucher regen sich, die Tiere im Haus rühren sich, fahrig zuerst, suchend, dann beginnen sie zu warten, zu kratzen, zu piepsen, zu krächzen und schließlich zu schreien. Auf der Straße karrt das erste Fuhrwerk vorbei, die Straßenlaternen gehn an, eine Lampe nach der andern auch in den Häusern, aus den Schweineställen schreit mit kurzen Stichen die Ungeduld. Die Katzen strecken sich, lecken sich, schauen sich um, ob schon etwas daliegt zum Beißen oder zum Schlabbern, oder ob sie mühsam auf den Dachboden oder in den Baumgarten oder aufs Feld müssen, um sich ihr Frühstück zu fangen. Und plötzlich brennt der Himmel über den Hügeln, über dem See, mit einem unhörbaren Knall dreht die Erde sich der Sonne entgegen, und es ist eine Musik in den Farben, und ich möchte niederknien und alles loben und preisen und in mich aufsaugen, aber wir sind keine Sonnenpriester, und so ist der Tag da. Die meisten Menschen beginnen ihn, man arbeitet und redet. Man arbeitet.

Ich will jetzt nicht die Sommertage und Sommernächte aufzählen, die Herbsttage und Herbstnächte, die Wintertage und Winternächte, das Frühlingsgedränge. Jeden einzelnen Tag, jede einzelne Nacht möchte ich beschreiben, sie festhalten, obschon man nichts festhalten kann, man kann es nur weitergeben. Vielleicht male ich elf Tage lang an einem vergangenen Tag, dabei fiel der Tag in die Nacht und war am nächsten Tag vorbei. Ein Gefühl bleibt vielleicht, eine Erinnerung, oder Wolken von Erinnerung, ein Datum, zerblasbare Schemen, oder mein Bild.

Ja, so ist es.

Gleich nach der Thurbrücke verließen wir die Landstraße wieder und bogen rechts auf den Hochwasserdamm ein, kamen in die Auen. Wir schwiegen. Unsere Schritte knirschten leicht im Kies, Häher kiefelten, Elstern zeterten zweistimmig am Waldrand entlang.

Er ging vom Damm in die Au hinunter. Der Waldbach, der ein Seiten- und Entlastungskanal der Thur ist und die langsamen oder stehenden Wässer aus den Gräben von den Feldern, von den Tümpeln, kleinen Waldseen und den Waldbächlein aufnimmt, floss zügig, und er führte sauberes, durch die Umgebung blauschwarz oder grünschwarz gefärbtes Wasser. Dietrich setzte sich auf den Stamm einer umgestürzten Esche am Fußweg zwischen dem Bach und einem schilfumstandenen Tümpel, in dem Wildenten schwammen. Auf der Waldseite staksten Graureiher durchs seichte Wasser.

Vorbei war die plötzliche Hast. Vergessen, was ihn beim Blick auf die Taschenuhr so erschreckt hatte. Die Taschenuhr hatte er von seinem Vater; er brauchte sie nur auf Reisen.

Zu Hause weiß ich auf die Minute genau, wie früh es ist, oder wie spät. Die Helle, die Dunkelheit, das Wetter, das Datum, die Farben des Tages und der Nacht sind meine Uhr – und natürlich was die Tiere und die Nachbarn tun.

Manchmal, wenn mir zum Malen eine Farbe fehlt oder wenn eine Einzelheit mir entfallen ist, fällt mir die Zeit ein. Sie steht dann wie eine Wand rund um mich, und ich denke: Die Zeit ist der Atem, der schon durch mich hindurchgegangen ist und jener, der noch meine Lungen füllen wird. Die Zeit ist das Leben mit meinem Vater, mit meiner Mutter. Die Zeit ist im Gemüseacker, im Rebberg am Hang. Sie ist das Gespräch mit den Leuten. Die verschlafene Zeit, die verwartete, die verstrickte Zeit. Man redet immer von der Zeit, die *noch* kommt, die uns *noch* bleibt, die ich *noch* nutzen möchte. Dabei ist die Zeit immer vorbei. Auch wenn sie scheinbar vor uns liegt. Und wir brauchen Zeit, um der vergangenen Zeit nachzuhängen, um das, was passiert ist, zu rekonstruieren.

Ja, die Geschichten, ich brauchte Jahrzehnte, bis ich es begriff: Alles was wir sind und tun, sind Geschichten. Wenn etwas keine Geschichte hat oder bekommt, ist das Ereignis nicht wirklich geschehen. Jeder Mensch hat seine Geschichten. Die Tiere haben vielleicht auch ihre Geschichten, bestimmt sogar! Wenn ich nur ihre Sprachen besser verstünde; es wären wohl die gleichen Geschichten wie die unsern. Oder ganz andere.

Alles besteht aus Geschichten.

Ja, das Leben.

Er sah mich schräg von unten an, lächelte spöttisch. Kompliziert, ho? Diese Philosophiererei!

Ich dachte, Sie könnten nur im Gehen denken.

Manchmal überkommt es mich. Es ist, als lege mein Gehirn plötzlich eine Sonderschicht ein. Als ich in dieses Wasser schaute, ging es los. Ich sah, dass es anders ist als das Wasser im See. Es hat die dunklen Farben, die keine sind. Deshalb könnte man sie fast nicht malen. Die hastigen, weichen Geräusche des Fließens sind schon vergangen, bevor man sie hört, geschweige denn malen kann. Früher dachte ich: Das ist wie beim Maschinenstricken. Die Geräusche der Maschine und die Maschen wiederholen sich, sie sind immer gleich. Wenn Sie das Wasser beobachten, das an der Wurzel dort, dem Stein vor uns, dem Ast hier vorbeifließt, wiederholen sich die Geräusche auch, aber sie sind nicht gleich, jedes Geräuschchen ist anders. Hören und sehen Sie hin, bis Sie es spüren.

Was mach ich damit, wenn ich es höre und spüre?

Haben wir noch ein Brot? Ich habe Hunger.

Ein kleines. Teilen wir es uns? Vom Tee sind auch noch zwei Schlucke da.

Wir müssen unbedingt bei August in Felben vorbei. Der macht Landjäger aus Rossfleisch. Tut tüchtig Knoblauch rein. Ich kaufe sie jedes Mal, wenn ich auf den Markt gehe. Aber ich esse sie erst auf dem Heimweg. Wenn ich mit dem Postauto fahre, mache ich wegen den Landjägern Zwischenstation.

Pferdefleisch? Sie sind doch Naturschützer.

Was hat Pferdefleisch mit Naturschützern zu tun? Wohl doch eher mit der Frage, ob ich Fleisch esse, und was man isst und was man nicht isst: Wenige Jahre nach dem Krieg ist das eine heikle Frage.

Für mich nicht.

Aber für die, welche Hunger gehabt und ihn überstanden haben. Wir Kinder haben oft Hunger gehabt. Dabei waren die Obstbäume, die Gemüsegärten, die Weinberge der andern fast immer voll mit Essbarem. Auch unsere eigene Landwirtschaft war nicht immer erfolglos. Aber viel zu klein, sagte Vater, ich habe kein Geld, um ein Stück Land dazuzukaufen. Im Gegenteil: Eines Tages musste er bis auf einen alle Weingärten dem Hauser verkaufen. Der Hauser hat doch schon genug, sagte ich, der braucht unsere Reben gar nicht.

Es sind nicht mehr unsere Reben. Hauser war der einzige, der mir Geld auf die Hand gab. Damit kann ich für uns Essen kaufen, etwas zum Anziehen. Von meinen Schulden kann ich einiges bezahlen, und zwei Pfandstücke auslösen. Damals wusste ich nicht, was *Schulden* und *Pfandstücke* bedeutete. Ich hörte die Wörter ab und zu, wenn sich die Eltern allein wähnten. Die Wörter fielen nur so nebenher, und ich sah, dass Vater und Mutter dabei sehr ernste Gesichter machten. Es war mir aber nie klar, wer woran schuld sein sollte. Und als ich Vater einmal zu fragen wagte, sagte er: Bub, das ist nichts für dich. Ich bin schuld, dass ich so wenig, oder manchmal nichts, verdiene. Später, als Mutter von uns gegangen war, wich er diesem Thema mit steinharter Entschiedenheit aus.

Von der Kirche Felben tönten zwei Glockenschläge. Oh, sagte Dietrich, wir müssen uns sputen. Kommen Sie, wir gehen. Eigentlich ist für mich Sonntag, wenn ich in den Auen bin. Es ist mir unbändig wohl in den Auen; die Luft, das Wasser, das Licht zwischen den Bäumen, am Boden, auf dem Wasser. Meistens begegne ich keinem Menschen, höre nur die Tiere und das Wasser, den Wind und den Boden, auf dem ich gehe. Die Auen sind für mich ein Wasserwald ohne Arbeit, ohne Sorgen. Wie oft bin ich am Sonntag über den Seerücken gelaufen, um lange in der Au zu gehen. Dieser Wald ist ganz anders als der, in dem ich früher arbeiten musste. Das Wasser im Waldbach ist anders als das Wasser im See, das an die Füße unserer

Häuser schlägt, in dem wir fischen, über das wir fahren, mit dem wir arbeiten. Hier möchte ich nur die Luft tief in mich einziehen, alles darinnen behalten, was mir Freude macht, und sie leer ausatmen. Es ist der einzige Ort, in dem ich mich freiwillig nackt ausziehen würde. Aber dann, oje, würden ja aus allen Büschen bekleidete Frauen über mich herfallen, und das zu überleben, wäre für alle ungeheuerlich schwierig, ho? Er kicherte.

Wir gingen über große Felder Felben und dem *Frohsinn* entgegen.

Oha, die Herren gehen auf den Markt, und Adolf braucht Landjäger, begrüßte uns die freundliche, große Frau. Auf ihrem Kopf türmte sich das Haar wie ein sorgfältig gebautes Storchennest, ich schaute auf ihre kräftigen, gepflegten Hände, die sie erwartungsvoll auf die Theke stützte.

Du erinnerst dich gut, sagte Dietrich in moderatem Ton.

Warst bei Katrina, fragte sie lachend. Dietrich fand die Frage gar nicht lustig, Frau Metzgerin nahm ihr Lachen zurück und sagte beschwichtigend: Ich wollte dich nicht beleidigen. Aber du weißt, wie das so ist mit uns Frauen: Wir sticheln gerne, wenn wir können. Soll ich August rufen?

Ich wollte grade reisebeschleunigend einschreiten, aber Dietrich wehrte schon ab: Diesmal nicht, sonst bleibe ich wieder hängen. Außerdem habe ich hier einen Reisekompagnon, der will wirklich heute noch auf den Markt. Ich auch, fügte er mutig hinzu.

Ein Ballönchen Weißen zum Einstimmen, wäre das nichts?

Nein, meine Liebe, heute wirst du mich nicht verführen. Den Gustav lass schön bei der Arbeit, gib mir drei Paar Landjäger, und weg sind wir.

Hast du Geld dabei?

Dietrich schaute die Spötterin an, als hätte sie ihm grade angeboten, ihn auf der Theke schlachten zu lassen.

Was hast du gesagt! Ich bring den Mund nicht zu. Hab ich vielleicht bei euch schon einmal anschreiben lassen?

Ja, vor einem Jahr, erinnerst du dich?

Ungern. Doch, an das Kopfweh am Morgen danach erinnere ich mich sehr gut. Und dass ich den Geldbeutel verloren hatte. Dabei war ich auf dem Heimweg.

Kennen Sie Herrn Dietrich von dieser Seite, fragte sie mich und lächelte vielsagend.

Nein, aber ich packe die Landjäger gleich in den Rucksack. Wie viel macht das?

Ach, *Sie* bezahlen. Und das Lächeln fiel aus ihren Wangen.

Diesmal schon, sagte ich und stopfte das Päckchen in den Rucksack. Auf Wiedersehn.

So war das von mir nicht gedacht, sagte sie zu Dietrich, als der mit einem kühlen ‹Auf Wiedersehn, Gruß an August›, und einem verlegenen Grinsen hinter mir den Laden verließ.

Habe ich schon von meinem Gemüsetraum erzählt? Ich bin etwa elf Jahre alt, Vater und ich arbeiten im Gemüsegarten, neben einem unserer Rebplätze. Es ist Sommer, der Himmel wolkenlos. Wir hacken die Erde um den Kohl auf, reißen Unkraut aus. Am Abend werden die Pflanzen sorgfältig gegossen. Oberhalb unseres Ackers hat Paul Kernen eine kleine Quelle. Daraus dürfen wir trinken, wenn genug Wasser fließt. Das Wasser zum Gießen tragen wir von zu Hause in der Brente herauf.

Vater redet selten. Ich bin ein bisschen stolz, dass ich mit ihm arbeiten darf. Die Geschwister müssen für andere Leute im Dorf Botengänge erledigen, ihnen bei der Arbeit helfen. Manchmal sollten sie zu Hause Schulaufgaben machen. Aber im Haus ist es so eng, und es gibt Tage, da gehen alle einander auf die Nerven, und Mutter schickt zwei oder drei aus dem Haus.

Der Traum macht einen Sprung. Die Kohlköpfe sind etwa so groß wie mein Kopf, wir hacken immer noch. Ich habe schreienden Durst, will zu Kernens Quelle hinauf. Aber die Hacke bleibt in der Erde stecken. Ich bekomme sie nicht aus dem Boden, und meine Hände sind mit dem Hackenstiel verwachsen. Dem Vater scheint es gleich zu gehen. Wir können weder reden noch uns anschauen. Wir driften auseinander. Ich sehe, wie die Kohlköpfe kleiner werden. Ich bitte die Kohlköpfe, nicht kleiner zu werden, wir haben ja nichts zu essen. Das Unkraut verfärbt sich, wird braun, dann schwarz, aber es wächst, ich sehe, wie es aus dem Boden sticht und hart wird, Dornen bilden sich. Die Dornenstecken wachsen gradeauf. Die Kohlköpfe verdorren, fallen um. Vater, will ich rufen, wo bist du! Ich kann den Kopf nicht in seine Richtung drehen, kriege keinen Ton heraus. Die Dornenstecken sind schon fast so hoch wie ich. Ich kann mich nicht bewegen, und so wachsen zwei der Stecken unter mein Kinn.

In dem Moment erscheint oben am Gemüsegarten unser Pfarrer. Er hält die Hände wie zum Gebet, er hat die Augen geschlossen, hastet wie ein Blinder den Weg hinunter. Wieder will ich rufen, es geht nicht. Ich brenne vor Durst. Die spitzen Dornstecken wachsen in mein Kinn hinein, gleich werden sie sich durch den Kopf bohren und mich hochheben. Der Pfarrer stolpert vorbei und aus meinen Augen.

An seiner Stelle, wer steht oben am Ackerrand – Hauser. Ich erkenne ihn nur an der Haltung, an der leicht schiefen Schulter und am Hut, den hat er bis auf die Nase herabgezogen. Er steht dort oben und krächzt wie eine Krähe, wie splitternde Metallstücke. Mein brennender Durst fängt Feuer, blitzartig steht alles um mich herum in Flammen. Und Vater!

Das ist der Schlag zum Erwachen. Der Schweiß läuft über meine Haut. Ich habe Durst. Schlüpfe mühsam aus den nassen Laken.

Immer derselbe Traum.

Und wer war Eva Zangger?, fragte ich.

Er blieb stehen, schaute nach den Hügeln, schien im Gedächtnis zu suchen: Wo haben Sie die her?

Ein Auto fuhr vorbei. Die Fahrerin winkte uns zu. Dietrich achtete nicht darauf.

Sie zeigten mir einmal ein Foto, das Sie auf dem Steg gemacht hatten, und sagten: Das war auch so eine.

Er nahm seinen Blick von den Hügeln zurück, sah zu Boden. Dann fiel ihm ein, in seinen Taschen nach dem Schnäuztuch zu suchen. Nachdem er fündig geworden war, faltete er es sorgfältig auseinander und schnäuzte sich ausgiebig die Nase. Er beguckte das Resultat, faltete das Tüchlein sorgfältig zusammen, schob es in die linke Hosentasche. Das gefiel ihm aber nicht lange, er zog das Tuch aus der linken und schob es in die rechte Hosentasche. Dann gingen wir langsam weiter.

Jaääeiä. Ho. Eemm he. Ho –

Was ist nun mit Eva Zangger, wollte ich grade sagen, als er mich von der Seite mit zugekniffenen Äuglein ansah, eine Grimasse schnitt, die nicht so aussah, als sei ihm meine Frage unangenehm. Um seinen Mund meinte ich eine genüssliche Anwandlung zu bemerken. Ach, sagte er, blieb wieder stehen und schaute erschrocken, jetzt hätte ich es beinah vergessen: Ich muss heute Abend zu Ammanns, zum Essen. Dort bleibe ich wohl über Nacht. Das mache ich immer so. Ammanns sind meine besten Freunde. Und Doktor Buck. Und die Thommens in Basel. Ohne meine Freunde wäre ich schon lange nicht mehr am Leben –

Und Herbert Tannenbaum?

Das ist etwas anderes. Tannenbaum hat meine Bilder entdeckt, er hat viel, er hat alles für meine Bilder getan. Früher war er mein Händler. Ich war ein paar Mal in seiner Galerie in Mannheim. Und ich konnte dabei meinen Bruder in Ludwigshafen besuchen.

Früher habe ich den Handel mit Bildern nicht begriffen. Mit der Zeit kam eine gewisse Nachfrage nach meinen Sachen, ich musste viel malen. Bei Tannenbaum hörte ich einmal, wie man Bilder verkauft. Er redete erst ganz vernünftig mit einem anscheinend wohlhabenden Ehepaar. Dann fing er an, über Kunst zu reden. Über mein Bild sagte er Dinge, die mir beim Malen nie eingefallen wären. Das

Bild wurde in seiner Darstellung immer größer und wichtiger, und ich auch.

Ich konnte das nicht länger mitanhören und ging. Unterwegs zu meinem Bruder setzte ich mich am Rhein auf ein Bänklein und las die Abmachung, die mir Tannenbaum gegeben hatte. Darin stand, dass ich nur *sein* Maler sei und für keinen anderen malen dürfe. Dass alle Verkäufe in der Zukunft nur über ihn laufen würden und sonst über keinen. Auf der ganzen Welt. Ich durfte also nicht mehr den Freunden ein Bildchen machen und mitgeben, auch nicht den Nachbarn oder den Kindern.

Als ich bei der Gemeinde und bei der Bahn arbeitete, in der Strickerei, als ich zu Hause strickte, hatte ich eine Abmachung, wie viel Geld ich für die Arbeit bekam. Tannenbaum schrieb davon nichts, und auch nichts darüber, wie lange dieses Verhältnis dauern sollte, wahrscheinlich für immer. Und ich hatte schon gemeint, ein guter Handwerker sei sein eigener Herr, mache seine eigenen Geschäfte. So war ich Knecht. Malerknecht. Mir war kotzübel. Die Tränen liefen mir über die Wangen. Ich wollte wieder stricken. Oder die Sklaverei hier, im Fluss, beenden. *Verzweifelter Maler stürzt sich in Mannheim, der Stadt seines Entdeckers, in den Rhein!* Doch: ertrinken? Als Seebub konnte ich so gut schwimmen, dass es mit dem Ertrinken recht schwierig werden würde, also sehr unangenehm.

Ich ging zu meinem Bruder und zeigte ihm das Schreiben. Er verstand wie ich nichts vom Kunsthandel, aber die Abmachung gefiel auch ihm nicht. Er versprach, mit Tannenbaum zu reden. Ich war so deprimiert, dass ich mit dem nächsten Zug nach Hause fuhr. Mir war zu Mute wie am Tag nach der Beerdigung meines Vaters.

Ein Pferdefuhrwerk kam uns entgegen. Als wir auf gleicher Höhe waren, knallte der Fuhrmann mit der Peitsche und rief herüber: Hei, Adolf, gehts auf den Markt? Musst dich beeilen, sonst ist die Hauptsache vorbei. Dietrich winkte zerstreut: Jaja, schon gut.

Weiß gar nicht, wer das war. Was meint er mit «die Hauptsache»? Eva Zangger habe ich auf der Seestraße getroffen. Es ist schon so lange her, dass ich keine Ahnung mehr – oder doch, aber das ist vorbei. Also, ich wollte an einem schönen Sonntagnachmittag den See von Steckborn aus zeichnen und lief mit einem Malkarton unterm Arm nach Steckborn. Überholte eine Frau, grüßte, blieb ein Momentchen mit meinem Blick in ihren Augen hängen, weil ich grad werweißte: Kennst du die oder nicht. Da sagte sie ziemlich freundlich: Grüezi, Herr Dietrich, immer am Arbeiten? Wir spazierten also zusammen nach Steckborn, tranken dort einen Wein, dann ging sie nach Hause und ich zum Zeichnen. Doch aus meiner Arbeit wurde nichts, ich konnte mich nicht mehr konzentrieren. Am Abend kam ich unzufrieden nach Hause. Aber Eva beschäftigte mich, ich wurde ganz nervös.

Sie arbeitete als Maschinennäherin in der Fabrik. Sie hatte meinen Vater gekannt, als er noch beim Zoll und sie ein kleines Mädchen war. Früher hatte sie Malerin werden wollen. Darum hat sie, sagte sie, jedes Mal die Ohren gespitzt, wenn jemand vom Dietrich erzählte. Wir trafen uns einige Male an schönen Samstagabenden am See. Saßen und plauderten dort unter den Bäumen, bis mir nichts mehr einfiel und sie auch nichts mehr wusste. Wir kamen gut miteinander aus.

Sie besuchte mich an einem Sonntagnachmittag. Ein bisschen war sie entsetzt über die Tiere, die im Haus herumsprangen und die Vögel, die herumflatterten. Die scheißen ja alles voll, sagte sie, macht Ihnen das nichts aus?

Mir nicht, sagte ich, und nur die Vögel scheißen überall hin, die Meerschweinchen und die Hasen haben dafür ihre Plätze. Die Böllchen kehre ich manchmal zusammen. Mit dem Vogeldreck ist es schwieriger.

Und warum gehen die Vögel und die Tiere nicht in die Käfige, wenn es hier so große Volieren gibt, sagte sie, als wir hinterm Haus den Garten besichtigten.

Ich könnte die Tiere im Haus dazu erziehen, auf meinen Abort zu gehen, ich müsste nur die Tür offen lassen. – Nein, einsperren, sagte sie, Käfige haben Sie doch. – Dort sind sie nur nachts, wegen der Katzen und Marder.

Als sie mir in die Küche folgte und ich ihr Tee aufgoss, meinte sie, ich bräuchte eine Frau im Haus, die für mich koche, die Wäsche besorge und flicke – und Ordnung mache. Als wir den Tee tranken, sagte sie: Sie bräuchten vielleicht überhaupt eine Frau, wegen der Einsamkeit.

Wäre mir in dem Augenblick nicht eingefallen, dass sie eines Abends am See so leichthin gesagt hatte, wenn sie heirate, wolle sie sieben Kinder haben und einen großen Rebberg, in dem man tüchtig arbeiten könne, ich hätte mir überlegt, sie zu fragen, ob nicht vielleicht sie diese Frau … Aber ich getraute mich nicht und sagte, die Einsamkeit sei nicht so schlimm, es kämen jeden Tag Leute ins Haus, und ich hätte viel zu tun. Waschen und flicken würde die Nachbarin. Ich dachte auch daran, dass sie viel jünger sein musste als ich, und dass ich immer äußerst nervös war; auch wenn mich diese Nervosität irgendwie sehr lieblich beschäftigte, ich konnte nicht arbeiten, wenn sie in der Nähe war, und lange danach nicht.

Ich machte dann noch ein Foto von ihr auf dem Steg. Gegen Abend ging sie nach Hause.

Ich denke, Herr Tannenbaum ist auch ein Freund geworden. Er musste vor dem Krieg in Mannheim alles verkaufen und vor den Nazis nach Amsterdam flüchten. Dort hat er es neu versucht und auch meine Bilder ausgestellt, bis die Braunen in Holland einmarschierten. Jetzt lebt er in Amerika. Er will mich einmal besuchen. Ich bin ihm schon lange nicht mehr böse. Ich hoffe, er war nicht allzu sehr enttäuscht von mir, damals. Erst jetzt begreife ich langsam, was er und meine andern Freunde schon immer für mich getan haben.

Ja, so ist das.

Früher ist immer alles gleichzeitig auf mich eingestürzt: die Sonne, die Nächte, das Wasser, die Stürme. Und ich wollte doch alles einzeln anschauen, berühren, spüren. Kam nicht dazu, vergaß zu atmen, kriegte keine Luft. Das ging vorüber. Und dann wollte alles, was ich gesehen hatte, in einem wilden Gedränge auf einmal aus mir hinaus.

Das gefiel mir. Aber ich wollte doch das Einzelne anschauen. Langsam, ausführlich. Bis ich es ganz begriffen hätte. Aber immer war dieses Gedränge in meinem Kopf.

Erst nach der Magenoperation habe ich versucht, die Eindrücke etwas einzuteilen, ein bisschen zu sortieren. Keine Panik, Adolf, sagte ich mir immer wieder, nimm eines nach dem anderen. Mit der Zeit habe ich das tatsächlich geschafft. Aber wenn ich nicht aufpasse, bin ich wieder der unmögliche

Schusselgrind. Ich muss immer lachen, wenn jemand sagt, ich sei ruhig und freundlich.

Ruhig? Das bezweifle ich auch, sagte ich.

Wenn wir früh genug nach Frauenfeld gekommen wären, hätte die oberste Kirchturmspitze aufgeleuchtet. Sie wurde letzthin neu vergoldet. Die Spitze selber ist nur etwa dreißig Zentimeter hoch. Wenn über den Feldern vor der Stadt und über den Häusern noch der Morgenschatten liegt, erreicht die Sonne die Spitze als Erstes. Dann gleißt sie wie Feuer, und das Feuer grüßt alle, die von Osten kommen.

Warum ist nicht mehr Verkehr auf den Straßen, fragte ich, als wir an den Stadtrand gelangten, es ist doch Markttag.

Die sind längst alle dort. Wir sind wie die alte Fasnacht die Letzten im Umzug. So ist es eben: Wenn man beim Essen Geschichten erzählt, wird das Essen kalt.

Habe ich Ihnen schon von meinem Bruder Albert erzählt? Er war dreizehn Jahre älter als ich. Er war unter den Geschwistern der einzige, bei dem ich das Gefühl hatte, wir seien Brüder. Als ich noch der stille, scheue Sprenzel war, hatte er immer ein Auge auf mich. Manchmal wurde ich nicht gehänselt, obwohl ich es erwartet hatte. Ich bekam die Prügel nicht, die sie mir angedroht hatten – oder er war plötzlich da und sagte: Warte, ich helfe dir – und dabei waren die Schwierigkeiten erst im Anzug, und ich hatte sie noch gar nicht recht erkannt.

Da er in unserer Gegend, wie viele andere, keine Arbeit fand, ging er nach Deutschland, nach Ludwigshafen. Das tat weh. Er war der einzige – außer meinen Malerkollegen –, der je nach meiner Malerei gefragt, mir Farben und Malkartons besorgt hatte. *Ich möchte malen können wie du,* hat er mir einmal draußen auf unserem Steg zugeflüstert. Es war weit und breit niemand, der das hätte hören können, aber Malen war für ihn eine heilige Sache. Er hat dann in Ludwigshafen geheiratet und brachte es zum Gießereimeister.

Eine verrückte Sache, das Leben: Er in Ludwigshafen, ich auf der anderen Seite des Rheins in Mannheim bei Doktor Tannenbaum. So konnte ich ab und zu den Albert besuchen; er hat mir geraten und sich für mich eingesetzt.

Als ich etwa achtundzwanzig war, schrieb er mir, ich solle unsere Eltern malen. Er würde es bezahlen, das sei ein Auftrag. Ich schrieb zurück, dass mich sein Vertrauen ehre und dass ich mich gleich an die Arbeit machen werde, aber es komme überhaupt nicht in Frage, dass wir uns in der Familie gegenseitig bezahlten.

Also machte ich mich an die Arbeit. Aber das war nicht leicht. Von klein auf hatte ich meine Eltern jeden Tag gesehen. Ich hätte sie auswendig zeichnen können. Ich kannte jede Falte, jedes Härchen, jede Bewegung, jeden Ton. Ich wusste, wie sie reagierten, was sie auf Fragen antworteten, wie sie lachten, wie sie verzweifelt waren. Nur eines wusste ich von beiden nicht: Wie sie weinten.

Mutter: Wie sollte ich ihre leicht krächzende Stimme malen? Geerbt habe ich ihre Stimme – und leider nicht die sichere, warme des Vaters –, ihre Stimme, die stets ein wenig beleidigt klang und zum gedämpften Gekreisch wurde, wenn ihr jemand nicht folgte.

Wie sollte ich zeichnen, dass ich meinte, sie sei immer zu müde, um mich zu kennen, um mich *einmal* in den Arm zu nehmen und mir lieb zu sagen: Ach, du bist doch mein lieber dünner Sprenzel! Wie sollte ich die Schatten ihrer langen, hohlen Blicke deuten, wenn sie mit Vater über die Sorgen sprach. Am schlimmsten waren diese Blicke, wenn sie aus der Kirche kam. Dann hätte ich ihr am liebsten einen Nebelvorhang um den Kopf gemalt – die Predigt des Pfarrers. Aber ich achtete ja meine Mutter. Ich aß ihr Essen, trug, was sie gewaschen und geflickt hatte. Ich redete mit ihr über das, was nötig war. Als meine Brüder Albert und Emil meinten, ich sollte eine Lithografenlehre machen, sie wüssten vielleicht einen Lehrmeister, und ihr aus dem Mund schepperte: Das ist Teufelszeug für reiche Leute, schwieg ich. Vater murmelte auch etwas von reichen Leuten, die wir nicht seien. Und dann schwiegen alle. Niemand von uns fünfen hat damals gewusst, was ein Lithograf ist.

Vater: Er war einfach da. Immer. Er hatte einen schönen Kopf. Er schien langsam zu schauen und langsam zu denken. Seine Bewegungen waren auch langsam, aber sicher. Seine Hände waren ein wenig klobig, sie ließen oft einen feinen Draht fallen. Mit dem Hammer hieb er gelegentlich neben den Nagel. Wenn wir in die Weinberge gingen, fasste er mich manchmal an der Hand. Das war gut: Meine kleine Hand festgehalten in der großen. Es schmerzte fast, wenn er, oben angelangt, meine Hand losließ und sagte: Also Bub, an die Arbeit. Manchmal lächelte er dabei wie in vollem Ernst.

Ich bin froh, dass ich Mutter malte; ein halbes Jahr später war sie tot. Und sie fehlte meinem Vater und mir. Wir mochten keine Tante und keine andere Frau im Hause, die ihre Arbeit machte. Ihre Arbeit machen nun wir zwei, sagte mein Vater, als wir vom Leichenmahl zurückkamen. Wenn du es nicht kannst, mache ich ihre Arbeit allein.

Er konnte mit der Zeit Flicken auf- und Knöpfe annähen – wie oft ihm auch Faden und Nadel aus den Händen glitten. Er kochte nicht schlechter als Mutter, vielleicht einfacher. Er redete noch weniger als früher, aber stets freundlich zu allen. Er jammerte nie. Er schimpfte nie, auch nicht, wie ich, über die größten Lumpen. In die Kirche nebenan ging er im Hochsommer, wenn es im Gemüsegarten zu heiß war. Im Winter war es in der Kirche immer weniger warm als zu Hause. Manchmal hätte ich ihn mir schon mit mehr Temperament gewünscht. Einmal fragte ich: Hättest du von Oberbussnang nicht weiter weggehen können als nur bis nach Berlingen? Er sah zum Fenster hinaus und sagte: Dein Leben holt dich überall ein.

Als er starb, blieben mir hohe, schwarze Wände, hinter denen es immer deutlich still blieb. Und überall Löcher, aus denen nur kleine Tiere kamen. Aber dann fing es ein bisschen mit den Ausstellungen an.

Wie ich mich als Künstler sehe, wer mich geschult und beeinflusst hat? Sie fragen wie diese Kunst-Menschen. Darüber weiß ich nicht viel. Mein Lehrer in der Schule hat gefunden, dass ich zeichnen könne. Das habe ich auch gedacht und habe, wenn ich Zeit hatte, geübt, Tiere abgezeichnet und Pflanzen. Der Lehrer beschaffte mir ausgestopfte Tiere und Vorlagen zum Abzeichnen. Später las ich in einem Fachbuch über Farben. Und ansonsten muss man selber probieren. Manchmal klemmt es, meist im Arm oder im Handgelenk. Dann bringe ich das, was ich sehe und malen will, nicht von den Augen durch den Arm, durch die Hand in den Pinsel. Unterwegs ist eine Blockierung, als wäre ein Nerv eingeschlafen oder das Blut abgebunden. Da muss ich selber herausfinden, wie ich das überwinde. Vielleicht müsste man eine bessere Technik lernen. Ich hätte die Lithografenlehre machen sollen. Aber das kostete, und ich musste nach der Schule so schnell als möglich mitverdienen, wie die andern.

Einmal habe ich einem Maler zugeschaut, an einem Sonntag am See. Das kann ich auch, habe ich gedacht, und ich begann zu malen, und dann lernte ich nach und nach ein paar Leute kennen, die auch malten, und so hat das eine das andere ergeben, über viele Jahre hin. Nach München, in die Alte Pinakothek, bin ich mit einem Kollegen auf dem Motorrad gefahren. Dort haben mir ein paar Bilder Eindruck gemacht, und ich konnte sehen, wie sie vor Jahrhunderten gemalt haben, sehr fein, sehr exakt: Klassiker, die lange Zeit überdauern, ohne dass sie schwach und ältlich werden. Mit der Theorie hätte ich überall Mühe gehabt. Immer, wenn sie auftaucht, beginnt es in mir zu gähnen, mein Kopf stellt sich quer vor die Sache hin, oder ich sehe etwas Interessanteres in der Natur.

Heute richte ich den Fotografenapparat auf das Stück Land, das ich vor mir sehe. Wenn ich durch das Objektiv schaue, lösche ich den Rest der Welt aus. Knips, und meine Aussicht ist fixiert. Ich kann weitergehn, mein Archiv hab ich in der Tasche.

Ich weiß, was ich kann. Manchmal bin ich mir nicht sicher über das, was ich nicht kann. Dann probiere ich für mich Dinge aus, verlängere meinen Steg ohne Stützpfosten, nur mit schwebenden Brettern, in den See hinaus. Oder ich lasse die Dinge liegen, fasse sie mit den Augen gar nicht an. Aber oft, wenn ich etwas im Kopf habe, bin ich mir so sicher, dass Fragen wie: Warum machst du das so?, Warum nicht anders?, Was hält der davon?, Darf man das?, Ist das gut oder nicht?, gar keinen Platz haben. Es ist kein Zwang und keine Notwendigkeit. Ich mache es.

Vor Jahren wollten gut meinende Freunde aus Konstanz mich in eine Kunstschule schicken, wollten alles bezahlen. Wenn ich schon keine handwerkliche Lehre machen konnte, was sollte ich in einer Malschule, einer Akademie gar? Ich würde brav dasitzen und einem Professor zuhören, mein Kopf wäre voll Sägemehl, meine Ohren mit Rebentrester verstopft, vor den Augen trüge ich eine dicke Brille, mit der ich in die Hölle sähe.

Letzthin hat die Gemeinde – ich weiß nicht, wem das eingefallen ist –, den Lehrer angehalten, er solle den Schülern beibringen, mich wenigstens nicht mehr Adolf, sondern Herrn Dietrich zu nennen. Zuerst musste ich grinsen. Dann verstand ich nicht. Die Schüler auch nicht. Ich denke, auf der Gemeinde hat jemand zu wenig zu tun.

Morgen ist Ihr Geburtstag. Denken Sie dran?

Jaääeiin.

Was heißt das? Ammanns werden es sicher nicht vergessen.

Ich esse jetzt einen Landjäger. Setzen Sie sich auf die Mauer, ich nehme ihn mir selber aus dem Rucksack. Möchten Sie auch? Er ließ sich neben mir auf die Mauer nieder, riss mit dem Sackmesser die zäh papierene Haut weg, schnitt Rädchen um Rädchen ab, kaute langsam, genüsslich.

Er schien auf jeden Ton aus den Häusern zu lauschen, schien jeden Geruch aus den Geschäften zu erschnuppern, schaute sich jedes entgegenkommende Fahrzeug an, die Pferdewagen, die Breaks, die wenigen Autos, die Fahrräder, er hatte viel zu tun. Als wir uns dem Marktplatz näherten, hörten wir das Dschumdärässäpumm und die singenden Sägen und die Drehorgeln und die Harmonikas und die Blechmusik von weitem als mächtiges, dröhnendes Mus.

Vorsichtig näherte er sich den äußersten Buden. Grüßte hier jemanden, ließ sich dort in ein Gesprächlein ziehen. Es dauerte nicht lange, und seine Schüchternheit verschwand; er war auf dem Markt angekommen.

Er kannte fast alle Budenbetreiber, die Verkäuferinnen mit den selbstgestrickten Pulswärmern und den roten Wangen, die schlitzohrigen Neuheiten-

Anpreiser, die wortkargen Kleinviehhändler, die großmächtig herumstapfenden Viehhändler mit den Taschen voll Banknoten. Um den Hammerbaum machte er einen Bogen, Nägel einschlagen mochte er nicht, vor dem Schießen mit dem Luftgewehr schauderte ihn, vor der aus den Kesseln quellenden Zuckerwatte schüttelte er den Kopf. Bei den Bratwurstständen blieb er stehen, schnupperte und schnupperte. Mit Wein-Freddy stießen wir endlich mit einem Weißen an; er schmeckte flach und sauer. Als wir weiterwollten, wurde Dietrich von einem Männchen mit krummem Rücken krächzend begrüßt, ein Verwandter, und dann erzählte der Verwandte seine Krankengeschichte der letzten siebzig Jahre. Dietrich hielt wacker dagegen, ich ließ die beiden stehen und schlenderte von Stand zu Stand, an den Karussells, am Riesenrad vorbei und betrat ein kleines Zirkuszelt.

Bettys Tier-Sensationen war winzig; auf wackligen Stühlen saßen fünf Zuschauer, damit waren die vorhandenen Plätze zur Hälfte belegt. Im Sägemehl vor den Stühlen hatte man Hindernisse, Tunnels und Wasserbecken aufgebaut, ein Balken auf einem Rundholz diente als Wippe, Wasserschläuche lagen herum, ein Einrad, eine kleine Bockleiter. Zirkusdirektorin Betty hütete die Tiere, die beiden zehn- und elfjährigen Töchter waren die Dompteusen. Alle drei trugen verwaschene, für die Jahreszeit viel zu leichte Kleidchen, in ihren Gesichtern und Bewegungen lag freundliche, herbe Melancholie. Zwei Hängebauchschweine erkletterten mit Hilfe der Dompteusen die Wippe und schaukelten, bis das eine herunterfiel. Beide Hängebäuchchen kriegten ein Rübchen. Dann hüpften drei indische Laufenten auf die breiten Ränder des Wasserbeckens und versuchten, sich gegenseitig ins Wasser zu schupfen. Eine der Dompteusen schwang sich aufs Einrad, fuhr um die Kisten und Schläuche, und plötzlich sausten zwei Katzen heran und, hopp, saßen sie dem Mädchen auf den Schultern. Das ist wirklich verrückt, mit Katzen!, sagte Dietrich leise neben mir. Ich hatte sein Hereinkommen nicht bemerkt. Jetzt fehlt nur der Handstand, flüsterte er. Die Katzen machten den Handstand. Es sah rührend komisch aus, wie die Katzen uns ihre Bäuche entgegenstreckten und dabei zu lachen schienen.

Dann wurde die Bockleiter aufgestellt und auf einer Seite ein Brett längs über die Stufen gelegt. Herein hüpfte eine Zwergziege. Auf ihrem Rücken ritt ein farbenprächtiger, ziemlich aufgeregter Hahn. Die Ziege blieb vor der Leiter stehen, der Hahn hüpfte die Stufen hinauf, stellte sich auf die oberste, schmetterte mit den Flügeln und hub an zu einem mächtigen Hühnermann-Gesang. Doch schon beim zweiten Ton kämpfte er mit dem Gleichgewicht, verlor es noch in der ersten Strophe und rutschte jämmerlich das Brett hinunter, den Schnabel voll Sägemehl. Wartet nur, ihr hühnerdummen Lacher, ich zeigs euch! Er rappelte sich auf, marschierte straff und tief beleidigt um die Bockleiter herum, hüpfte auf die Ziege, von der Ziege die Stufen hinauf, und das Ereignis begann von neuem. Da capo, da lag er im Sägemehl und schnappte vor Wut nach Luft. Eine seiner Lehrerinnen nahm den seelisch Vernichteten in den Arm, streichelte ihm den wirren Kopf und steckte ihm Brotbröckchen in den Schnabel. Dann kamen zwei junge Hunde und hüpften mit den Mädchen Seil, dann kamen zwei Ziegen, die mussten auch hüpfen, die Katzen mussten seilhüpfen, der erschöpfte Gockel hüpfte, und dann kamen die zwei Hängebäucher. Die mochten nicht hüpfen, sie legten sich einfach quer auf das Seil. Da stellten sich Personal und Artisten in einer Reihe auf, verbeugten sich artig – außer dem Gockel; mit schleifenden Flügeln ging der sich schämen.

Als wir in den Nachmittag hinaustraten, standen die Mädchen beidseits des Ausgangs und hielten uns ihre Hütchen entgegen, in die wir gerne unsere Münzen legten. Dietrich kam als Letzter, kramte umständlich in seinen Taschen und legte beiden Mädchen je ein kleines Couvert ins Hütchen. Danke vielmals, Adolf, sagten sie, machten einen Knicks und liefen mit dem Geld ins Zelt. Und jeder der sieben Zuschauer ging davon, unter die Leute, und lachte still vor sich hin.

So, und nun ab in die Geisterbahn!

Muss das sein, fragte ich. Mir ist nicht mehr danach zu Mute. Ich würde gerne mit Ihnen noch einen Weißen trinken, dann suche ich meine Frauenfelder Freunde heim, Sie kaufen Ihre unvermeidlichen Schuhnesteln und den Wetzstein, danach gehen Sie zu Ammanns. Ich hole Sie morgen dort um zehn Uhr ab, und wir gehen zusammen nach Hause.

Er schwieg außerordentlich deutlich und schaute mich mit jenem Blick an, mit dem er Zusagen, Termine, Versprechen und Freunde vergaß.

Er bestand darauf, beide Eintrittskarten zu bezahlen. Das Zelt war das längste auf dem Festplatz. Am Eingang prangten die üblichen Ankündigungen. Ich dachte: Angeberei und Illusion. Es ärgerte mich, dass ich so gut wie ohne Widerrede mitmachte.

Zwei lusche Typen in vergammelten Fräcken legten uns Leibgurte um und banden uns an den Sitzen fest. Als sie mir zusätzlich Beine und Arme festzurrten, begehrte ich auf – ich hatte so etwas noch nie gesehen. Aber sie lächelten nur und sagten, das sei die neue Art zu verhindern, dass uns irgendetwas zustoße; wir wollten doch nicht mit den Geistern um die Wette durch die Luft wirbeln. Ich sah an

Dietrich, der einen gefassten Eindruck machte, vorbei auf die Uhrzeiger der katholischen Kirche, sie standen auf 17 Uhr 19. Mit einem Ruck öffnete sich das Tor zur Geisterbahn, und mit einem zweiten Ruck fuhren wir ins Dunkel hinein. Wie eine Maske stülpte es sich mir übers Gesicht, ich spürte eine Beklemmung, von deren Ursache ich nichts wusste, ich wollte tief Luft holen, konnte jedoch nur kurz und flach atmen, und in diesem Augenblick war mir, als erhielte ich einen Stromstoß, der mich in eine andere Wirklichkeit katapultierte.

Eine freundliche Reiseleiterin oder Talkmasterin oder Präsentatorin stellte mir, nur mir allein, Menschen vor, die in der Stadt gelebt hatten, als die Atombombe fiel. Mit einfühlsamer Stimme nannte sie die Namen der für die Präsentation Ausgewählten, zeigte auf die Wunden, beschrieb die Langzeitfolgen, wies auf die Zerstörungen der Stadt im Hintergrund hin, stellte fest. Ein sanftes Klaviersolo, das nach Chopin klang, begleitete die Vorstellung und ging nach dem freundlichen Bye-bye der Präsentatorin in dröhnende Rockmusik über. Ich sah auf ein kleines Dorf, Frauen umstanden einen Brunnen, ein Ochsengespann zog einen Pflug übers Feld. Plötzlich ballerten Salven aus Maschinengewehren, Raketen schossen vom Himmel, die Häuser brannten, die Erde riss auf, Menschen wurden zerfetzt, und dann standen, wie ein Ring, Soldaten um das Dorf, schossen auf alles, was sich bewegte. Und als sich nichts mehr bewegte, fetzten Schüsse aus dem Wald um das Dorf, ein Soldat nach dem andern schrie auf und brach zusammen. Und als der Letzte gefallen war, kamen die Schützen aus dem Wald und begannen, die Menschenteile einzusammeln. Dann setzte die Schießerei wieder ein, bis ein gut gekleideter Junge aus dem Wald gerannt kam, eine Ladenkasse in die Höhe hielt und rief: Wir haben kein Geld mehr, wir müssen aufhören. Und die Verwundeten und Toten, sagte die freundliche Stimme der Moderatorin, erheben sich und gehen nach Hause.

Ich versuchte krampfhaft, den Kopf nach links zu drehen, um nach Dietrich zu schauen. Aber es gelang mir nicht, ich konnte nur gradeaus sehen, und von dort kamen ausgemergelte Menschen auf mich zu, vor sich her schoben sie Kinder mit alten Gesichtern, aufgedunsenen Bäuchen und dürren Körperchen, unaufhaltsam kamen sie auf mich zu, ich rief: Ich nehme euch mit nach Hause, gebe euch zu essen und zu trinken, aber da schlug mir ein Mann mit einem Golfschläger auf den Kopf und sagte: So muss es sein, so wird es bleiben.

Das Blut floss mir stoßweise über die Stirn, aber die freundliche Präsentatorin legte meinen Kopf in ihren Schoß, das Blut stoppte. Sie drückte mir die Augen zu, und nahtlos hockte auf einem riesigen Sockel *Der Große Vorsitzende* im Schneidersitz und

war nicht festgebunden, keine Spur von Fesseln und Binden. Wir erhoben uns, schlenkerten ein bisschen unsere Glieder, vertraten uns die Füße und verließen das Zelt.

Ich schlotterte am ganzen Körper. Ich versuchte, tief einzuatmen, ich tastete meinen Körper ab, stapfte mit den Füßen auf den Boden – Moment, der Marktplatz war doch am Nachmittag nicht asphaltiert gewesen, und das Polizeiauto: ein schnittiges Gefährt mit rotierendem Blaulicht. Die Leute waren anders gekleidet, trugen andere Schuhe, das Riesenrad drehte sich lautlos ohne Motorengeknatter. Ich schaute zur Kirche, es war exakt 18 Uhr.

Als wir uns ein paar Schritte vom Zelt und der Geisterbahn entfernt hatten, standen wir vor einer großen Leuchttafel, auf der uns entgegenblinkte:

Wir gehen mit Ihnen – zu jeder Zeit, jeder Stunde, jeder Sekunde.

Es ist der 8. November 1998, 18:01 –

und hinter der 1 blinkten die Sekunden.

Die nächste Präsentation Ihrer Tageszeitung: um 18.30.

Mit Wettbewerb! Gewinnen Sie einen VW Polo!

Langsam begriff ich. Dietrich stand fassungslos da, schaute, zwirbelte an den Haaren seines Schnurrbarts. Suchte in den Taschen nach etwas. Öffnete den obersten Knopf seines Hemdes. Das glückliche

Lächeln auf seinem Gesicht war einer großen Ratlosigkeit gewichen.

Es stinkt hier, sagte er, und die Musik ist so anders. Wo sind wir?

Wo kommen Sie her, fragte ich vorsichtig.

Aus dem Paradies. Es war recht ordentlich. Ein bisschen langweilig. Ich konnte nicht arbeiten.

Ich denke, wir sind nicht in derselben Geisterbahn gewesen.

Doch, Sie saßen ja neben mir. Sie haben allerdings manchmal gestöhnt und fast geschrien.

Dann haben wir nicht dasselbe gesehen, sagte ich.

Das kommt vor. Man sieht dasselbe, und für jeden ist es etwas anderes. Aber kommen Sie, ich will nach Hause. Sofort.

3

Wasserwald

Ich konnte nicht mehr zwischen Traum, dem Jetzt und dem Damals unterscheiden. Die Ereignisse in der Geisterbahn, die Plötzlichkeit des Zeitsprungs: Mir war, als rutsche mir der Boden unter den Füßen weg, als baumelte ich in der Luft. Ich hielt mich an einer Abschrankung fest. Du darfst dir nichts anmerken lassen, dachte ich – *gegenüber wem eigentlich nichts anmerken lassen?* –, ich blieb stehen, sah gradeaus, da stand immer noch die katholische Kirche, deren Uhrzeiger nun auf 18 Uhr 20 vorgerückt waren. Und dieselbe Zeit zeigte auch die elektronische Anzeige. Im Westen war der Himmel heller. Der Abend war beleuchtet. Die wummernde Schlag- und Hackmusik auf dem Marktplatz dröhnte mir im Kopf. Wie mochte sie erst auf Dietrich wirken. Oder hörte er vielleicht nichts, weil er sich von allem abgeschlossen hatte?

Er schaute und schaute, bewegte sich nicht von seinem Platz. In seiner Körperhaltung war nichts mehr von der großen Neugierde, er war ein Neutrum im Lärm, im Wirbel von Menschen, Maschinen und Farben. Er blickte sich um – niemand, den er oder der ihn kannte. Ich hatte das Gefühl, keiner sehe ihn überhaupt, nur ich. Sein Blick ruhte abwesend auf der elektronischen Anzeigetafel, den Handys, die an vielen Ständen lagen. Die meisten Marktfahrer, die grade nicht verkauften, telefonierten; die jungen Besucher, die nicht mit beiden Armen in Kleidern wühlten, telefonierten. Viele Fremdsprachige telefonierten.

Alle reden, sagte er, jeder redet für sich und ins Leere, kaum einer mit dem anderen.

Plötzlich war er wieder in seinen Augen, er fasste mich leicht am Arm und zog mich aus dem Getümmel und dem ärgsten Lärm heraus, wir gingen ein paar Schritte. In seinem Gesicht war wieder ein Hauch der lächelnden, listigen Schüchternheit, die ich so gut an ihm kannte.

Ich weiß nicht mehr, wann das war, sagte er, da hat doch der Fischer Oskar mit den Freunden in meiner Stube die Blasmusikgesellschaft Berlingen gegründet. Ich war sehr arm, und sie waren auch arm. Konnten nirgends spielen lernen. Fragten mich, ob sie bei mir üben dürften. Wenigstens so lange, bis sie ein anderes Lokal gefunden hätten. Konnte ich da Nein sagen? Ja, und dann haben sie geübt, es kamen noch mehrere hinzu, die Stube war voll, keinen Bleistift hätte ich mehr hinstellen können, die Instrumente berührten sich. Keiner konnte schon richtig spielen, alle bliesen drauflos, oder hieben drauf, was die Trommelfelle hielten. Ich konnte ein bisschen Handharmonika, aber ich spielte eigentlich lieber allein, oder wenn nur ein, zwei Personen zuhörten. Während die Blasmusik übte, war Jericho in meinem Kopf. Meine Mauern stürzten ein. Ich war bis ins feinste Knöchlein voller Lärm. Wenn ich das Haus verließ, waren die Spieler beleidigt, und der Lärmbrei verfolgte mich wie ein hochgehender Dorfbach. Ich wurde beinah verrückt. Die Nächte nach dem Üben dröhnten in mir wie ein schwarzer Himmel ohne Mond, ohne einen Stern.

Möchten Sie jetzt noch zu Ammanns, oder fahren wir gleich nach Hause? Ich fragte, als müsste ich ein rohes Ei in der Luft jonglieren, und es dürfte auf gar keinen Fall beim Auffangen zerbrechen.

Ammanns? Ammanns. Er horchte in sich hinein, aber er hörte offensichtlich nichts. Er blickte mich an, er sah an mir vorbei in ein unbestimmtes Dunkel.

Kann ich Sie mit meinem Auto nach Hause fahren? Ich denke, zu Fuß dauert es viel zu lang, und es wird schon dunkel. Oder fahren wir um zwanzig Uhr mit dem Postauto nach Steckborn, dann mit dem Zug – wie Sie seinerzeit?

Nein. Ich kenne ja niemanden. Zudem habe ich Angst vor den Leuten, Tiere sehe ich keine. Zeit haben wir genug. Viel Zeit und Unordnung ist in den Händen. Wir haben doch über die Zeit gesprochen.

Nun blüht sie, dunkel zwar, aber laut und chaotisch. Im Übrigen: Wir sind zusammen zu Fuß von zu Hause weggegangen, wir kommen zu Fuß wieder nach Haus.

Ich kam mir ziemlich klug vor, als ich meinte: Wir könnten am Bahnhof ein Taxi nehmen, das uns auf den Seerücken nach Heidenhaus bringt. Dort genehmigen wir uns im Restaurant etwas, dann gehen wir ein Stück auf dem Seerücken, an Salen, Reutenen und Renental vorbei, und schließlich die Straße das Tobel hinunter. Ich hole aus meinem Auto Taschenlampen.

Ich brauche keine Lampe. Die Wege kenne ich auswendig, jedes Regenloch, wie ein Pferd. Vor allem nachts. Aber Ihr Vorschlag ist gut. Gehen wir.

Ohne nach rechts und links zu schauen, ohne den Kopf zu heben, lief er neben mir her sicher dem Bahnhof entgegen – mit ausgreifendem Schritt, ich konnte nicht trödeln.

Wir möchten zum Heidenhaus auf den Seerücken. Kurz vor dem Restaurant können Sie uns ausladen.

Warten wir auf jemanden? Oder reden Sie von sich in der dritten Person, haha.

Nein, ist schon gut.

Wir setzten uns auf die Hintersitze. Dietrich lehnte sich in die Ecke hinter dem Fahrer und döste vor sich hin.

Waren Sie auf dem Markt?

Ja.

Ist nicht mehr wie früher, nicht wahr?

Ich war zum ersten Mal dort.

Ich geh nicht mehr hin. Wenn mein Vater von früher erzählt, ist es heute im Vergleich nur noch armselig und dürftig, Remmidemmi eben. Geldmacherei. Den Jahrmarkt gibt es fast nicht mehr, so wenig wie richtigen Schnee, wie richtiges Eis auf dem Untersee –

Ja, das Eis. Ich habe den Regen, die Sonne, den Wind, die Flauten geliebt, doch am meisten liebte ich das Eis. Besonders bei Nordwind. Dann biss dir die Kälte in die Haut, scharf zog sie in die Nasenlöcher, kratzte im Hals, machte uns Beine. Das leise Klirren, hier ein Krächlein, dort ein Knirsch. Als gefriere das Wasser und schiebe sich zusammen und wieder auseinander. Lege sich ganz von selber übereinander wie Milchglasscheiben, die schwimmen können. Das Wasser baute sich über das Wasser einen Boden nach Gaienhofen, nach Horn, nach der Reichenau. Einen zarten, meist nicht begehbaren Boden. Eine Brücke für die Gedanken, für die Augen und für die Geräusche.

Eis zu malen ist das Schwierigste. Es ist nie weiß oder bloß graublau und braunviolett schattiert wie Schnee. Es trägt immer Farben in sich. Das Wasser, den Himmel, den Wind. Und manchmal bleibt am Tag die blasse Nacht, die Sterne legen sich nur für eine kleine Weile hinter die Hügel, um schnell wieder das Eis anzuhauchen. Das habe ich gemalt, und die Kälte auf dem Eis und in den Tieren, und den Schuss des Jägers in der Kälte über dem Eis.

Da war ich wieder für den Fotografenapparat dankbar. Konnte schnell die Ausschnitte aufnehmen und später in der warmen Stube das Kalte malen. Sie lächeln? Mit klammen Fingern und zitternd vor Frost kann man vielleicht malen, aber sicher kein gutes Eis oder eine gute Kälte oder eine frierende Sonne.

Spannend auch für die andern wurde es, wenn das Eis zu tragen begann: Hunde, Menschen, manchmal sogar Pferde mit Wagen. Da war am Sonntag alles draußen, mit oder ohne Schlittschuhe. In der Stadt ging man ins Theater, bei uns ging man aufs Eis. Alles lief auf dem Eis herum, alle freuten sich, dass sie auf dem Wasser gehen konnten. Und alle nahmen an, dass das Eis auch ein bisschen brechen könnte, dass es nicht so sicher war wie der Boden. Ich mochte nie lange auf dem Eis herumgehen. Immer stellte ich mir dabei den See ohne Wasser vor. Ein schlammiges Tal ohne Sonne, tief unten ein schütteres Bächlein im Schlamm, und oben spazierten die Menschen in der Luft herum, meinten, sie gingen auf festem Boden oder in einem Traum.

Eigentlich ist ein See ohne Wasser der Alptraum von Landleuten.

Ich betrachtete lieber das Eis. Manchmal nahm ich ein Stück mit ins Haus, legte es auf den Tisch neben das Bild, an dem ich malte. So wie das Bild Pinselstrich für Pinselstrich entstand, schmolz das Eis Tropfen um Tropfen, brachte einen kleinen See auf den Tisch. Dabei konnte ich die feine Haut sehen, die das Wasser umspannt. Sie ist manchmal fast zäh, wenn man sie nicht ansticht, nur anbläst. Aber so kalt, dass das Seechen wieder zu Eis wurde, konnte ich nicht blasen, ich war ja nicht die Bise.

Dietrich wurde unruhig, schaute zum Fenster hinaus. Hörstetten, sagte er, wie fern das ist.

Hörhausen ist das, ich verwechsle es auch immer.

Womit verwechseln Sie Hörhausen, fragte der Taxifahrer.

Mit Hörstetten.

Und ich verwechselte immer das Hemd mit der Hose, kicherte Dietrich. Das sah vielleicht komisch aus: Stehst da, guckst mit dem Gesicht aus den Hosen, und mit den Beinen aus dem Hemd. Schade, dass das nie jemand gesehen hat.

Nicht einmal der Spiegel?

Ach, der. Der hat ja kein Gedächtnis. Was der sieht, gilt nicht.

Darf ich fragen, ob Sie mit mir reden, sagte der Chauffeur.

Fragen dürfen Sie, doch ich rede mit Herrn Dietrich.

Sagen Sie bloß, Ihr Herr Dietrich sei im Auto, ich sehe und höre ihn nur nicht. Aber Sie.

Sie sind gut, sagte ich, gratuliere.

Der Chauffeur schwieg beleidigt. Als ich ausstieg, ging ich ums Auto herum und ließ Dietrich auf der Fahrerseite aussteigen; er hatte ein bisschen Mühe damit. Wenn man drinsitzt, ist es recht bequem, aber es ist ziemlich eng in diesem Auto, sagte Dietrich, aber der Motor war nicht so laut.

Ist Ihnen das noch nie passiert: Es ist jemand bei Ihnen, den niemand sieht und hört als Sie selbst. Ich bin selten allein.

Der Chauffeur schüttelte den Kopf. Für Gespenster sind Sie bei mir falsch. Eigentlich sollte ich Ihnen den Tarif für Spinner verrechnen. Aber es ist ja schon teuer genug. Hören Sie, wir Chauffeure fahren allerlei Käuze. Wir sind da tolerant. Wir regen uns nicht mehr so schnell auf.

Was meinte der?, sagte Dietrich. Ich bin doch da. Habe nur ein bisschen geschlafen.

Wir waren die einzigen Gäste im Restaurant. Er setzte sich schnell auf die Eckbank, ich mich ihm gegenüber.

Erwarten Sie noch jemanden?, fragte die Wirtin.

Kann sein, sagte ich.

Er wollte weder etwas essen noch trinken. Ich fühle mich so leicht und leer, da füllen wir kein Gewicht ein, sagte er, es würde nur schreien und dann verfaulen.

Wir brauchten keine Taschenlampen. Der Föhn hatte den Seerücken erreicht und wischte lange Wolkenfetzen am Mond vorüber. Der Mond schwamm auf einem blauschwarzen See, um den Wolkenberge wuchsen, die zu erdfarbenen Steppen verschwemmten, aus denen neue Gebirge sich auftürmten, zerwehten und in der dunklen Nacht verschwanden. Der leichte, lauwarme Wind führte ab und zu ein dürres Blatt mit, ein Geräusch von einem Hof, von schlafenden Tieren. Die Gehöfte standen dunkel im weichen Mondlicht. Manchmal warfen große Traktoren bedrohliche Schatten. In den Wohnstuben liefen Fernseher. Es sah aus, als wäre der zuckende bläuliche Lichtschein, abgesehen von den Geräuschen der Tiere im Stall, das einzig Lebende in den Gebäuden.

Die Höfe haben nervöse Herzen.

Dann hörten wir nur unsere regelmäßigen Schritte auf dem Asphalt. Als wir beim Vorbeigehen in eine Stube hineinsahen, sagte er: Wozu laufen die Bildermaschinen? Wer schaut die Bilder an? Wer hört ihnen zu? Sind die Leute schon schlafen gegangen, oder sind nur noch die Tiere in den Häusern?

Die Leute sitzen vielleicht im Dunkeln, oder sie tun etwas. Ich schlafe immer ziemlich schnell ein, wenn ich selten einmal fernsehe. Das ist, wie wenn Sie Ihr Radio laufen lassen, dabei mal hinhören, mal nicht, mal arbeiten, mal mit den Kollegen reden.

Aber beim Radiohören schlafe ich nicht ein.

Noch nie?

Nein. Nicht oft, nur ab und zu vielleicht, wenn wir Wein getrunken haben. Die vielen Flugzeuge, die blinkend über uns hinwegziehen, fliegen die nach Amerika oder um die Welt?

Nach Amerika, nach Russland, nach Japan, einige fast rund um die Welt.

Alle paar Minuten ein Flugzeug? Wie hält einer das aus? Da bricht bei mir das Fernweh los, es zerrt mir die Seele aus den Kleidern, aus dem Körper. Schon als Bub überkam mich die Unruhe, wenn jemand von fernen Ländern erzählte. Ich wollte immer dorthin, wo ich nicht war. Zugleich wollte ich nie von zu Hause weg. Und wenn ich weggegangen wäre – ich meine für immer, nicht nur für ein paar Tage nach Mannheim, nach Stuttgart, München –, ich wäre der sicherste Rückkehrer gewesen, den man sich denken kann. Und trotzdem gefiel mir die Vorstellung, dass ich ohne Schwierigkeiten ganz woandershin hätte gehen und dort mein Leben lang hätte bleiben können. Fernweh ist etwas Schönes, wenn man nicht flüchten muss. Süß ist das Unbekannte, ohne Probleme, nichts, das an einem klebt. Das Gedächtnis ist noch weit offen, und die Lagerhallen stehen leer. Und da das Süße ohne Bitterkeit nicht süß ist, enthält das Fernweh Bitternis, aber nur so wenig, dass die fernen Bilder aufblühen wie die Wiesen im Mai.

Eigentlich konnte ich, spätestens seit Kriegsende, immer reisen. Ein bisschen Geld hätte ich wohl gehabt. Ich habe mir viele Reisen vorgenommen. Aber weiter als bis zur Vorstellung, dass ich nach Kreuzlingen fahren müsste, um mir dort einen anständigen Reisekoffer zu kaufen, sind meine größeren Reisen nie gediehen. Wer hätte dann die Tiere besorgt und die Pflanzen? Wo hätten sich die Freunde getroffen, bei wem hätten die Leute aus dem Dorf rasch hereinschauen, schwatzen oder ihre Probleme ausbreiten können? Und außerdem habe ich Angst vor langen Zugreisen, vor Feuer, Zusammenstößen und Zugsentgleisungen. Was machen Sie, wenn ein Verrückter auf den Zeppelin schießt? Und die Flugzeuge – herunter kommen sie immer, nur manchmal viel zu schnell. Auf die Idee, ein Flugzeug könnte auch einmal *oben* hinausfliegen, wo es vielleicht keine Luft mehr gibt, komme anscheinend nur ich. Vor dem Sterben habe ich nicht so große Angst, aber vor aller Geschwindigkeit. Ich bin fest überzeugt davon, dass unsere Seele, so wir eine haben, sich nicht geschwinder fortbewegt als der Mensch ohne Hilfsmittel.

Immerhin konnten meine Bilder reisen. Ich kann mich nicht mehr an alle erinnern. Meine Lagerhalle für meine und die Bilder, die andere gemalt haben, ist nicht sehr groß, nur so. Er zeigte auf seinen Hinterkopf. Und halb leer ist sie. Aber die Bilder, an die ich mich erinnere und die reisen konnten, die habe ich schon ein bisschen begleitet. Nach Berlin, Düsseldorf, Hannover, sogar nach London und New York, Basel, Genf, Paris. Ich habe meine Bilder für mich reisen lassen. Ein Freund hat mir von dem portugiesischen Dichter Fernando Pessoa erzählt, der war ein großer Fernwehkranker. Er hat es jeweils weiter gebracht als ich, nämlich mit dem gepackten Koffer bis auf den Bahnsteig. Dort traf aber nie der richtige Zug ein. Es kam überhaupt kein Zug, für ihn. Wir könnten Zwillinge sein.

Was waren meine kleinen Reisen eine Qual. Immer, wenn eine Ausstellung meiner Bilder eröffnet wird, wollen sie mich dabeihaben. Was soll ich dort? Die Leute sollen die Bilder anschauen, nicht mich; es ist mir unangenehm. Und die Reden wären auch nicht nötig, schauen sollen sie. Meist soll ich gerühmt werden. Man lässt sich ja gerne loben. Aber es ist wie mit dem Essen: Ich habe mit einem Teller Suppe und einem Stück Brot fast immer genug. Oder mit einem Stücklein Fleisch und einer Kartoffel. Oder im Winter mit getrockneten Früchten, mit Baumnüssen und Brot. Was brauche ich ein Menu mit mehreren Gängen, mit viel Wein und Dessert und Kaffee. Einmal in fünf Jahren. Wenn man arm ist, wünscht man sich so etwas allerdings öfters.

Ja, und dann wundern sich die Aussteller, warum ich vor der Eröffnung nach Möglichkeit verschwinde, oder dem Fest heimlich aus der Beiz nebenan zuschaue. Nur mein Freund, der Fotograf, hat mich ein paar Mal gefunden und dann hingeschleppt. Aber es hätte immer gereicht, wenn er eine seiner Fotografien aufgehängt hätte.

Ho! Natürlich baue ich meine Mäuerchen um mich auf.

Wenn mich schon die Leute, die Sie Kumpane nennen, jeden Tag heimsuchen mit ihrem Gerede, Kartenspielen, Weintrinken, Palavern, mit ihren Sörglein und mickrigen Angebereien, mit ihrer Langeweile, ihrem Nichtwissenwastun – dann baut man sich doch flugs, aber für die Sache natürlich zu spät, eine Abwehr auf.

Manchmal wünsche ich die ganze Bande zum Teufel oder ins Altersheim. Es wäre mir gleich, was mit ihnen passiert. Ob sie bessere Verhältnisse finden, in kalten Bruchbuden verkommen oder sich zu

Tode trinken. Doch wenn ich sie mir einzeln anschaue, mit jedem allein rede, ihre Geschichte kenne – vorbei der Zorn!, ich mag sie.

Es gibt Leute, die mögen meine Bilder nicht. Und es gibt Leute, die mögen mich und meine Bilder nicht. Ho! Und?

Irgendwann hatte ich die Nase voll, gegen das dumme Gerede zu kämpfen. Ich nahm mir vor, wissentlich nur noch *für* etwas zu kämpfen. Mein Leben ist mir zu kurz, um gegen einen Menschen vorzugehn, der überall schreibt und erzählt, ich sei als Maler eine Null und als Mensch ein Lügner. Wenn einer mich und meine Bilder nicht mag, könnte ich besser malen als jeder alte Meister, bessere Geschichten schreiben als Gottfried Keller, im Sport Weltrekorde sammeln, könnte ich Kriege beenden – es wäre alles für die Katz, der mich nicht Mögende würde meine Taten nur als Anbiederung auslegen.

Saß ich letzthin in Kreuzlingen im *Bahnhöfli* und trank einen Weißen, kam der Schriftsteller Gilgen herein. Sein Schritt schien mir etwas zu entschlossen, seine Haltung auf komische Weise herrisch, sein Blick ein bisschen stier. Ich nahm an, dass er mit sich und der Welt im Unfrieden war und diesen Unfrieden gern einem andern anhängen wollte.

Sieh mal an, wer da die Zeit vertrödelt. Unser großer Dietrich. Der Stern vom Untersee. Der naive

Meistermaler. Der populäre Großverdiener. Ist Ihnen würdig gedient mit solch titulanter Begrüßung? Er setzte sich mir gegenüber an den Nachbartisch. So musste er laut sprechen, damit es alle hörten. Und es höckelten da nicht wenige Männer, die auf etwas Unterhaltung hofften.

Er redet, wie er schreibt, dachte ich. Er kann sogar während des Redens neue Wörter erfinden. Ich schaute ihn freundlich an, baute mein Mäuerchen. Ich war entschlossen, alles, was er sagte, in derselben Sekunde zu vergessen. Leider konnte ich nicht wie beim Radio seine Stimme abstellen.

Ich schwieg. Diese Antwort war ihm zu wenig. Er bellte weiter: Der Herr ist sich wohl zu fein, einem schreibenden Menschen zu antworten. Oder es fällt ihm nichts ein. Oder ist es ihm zu wenig niedlich, was ich über ihn sage. Tut es Ihnen weh, wenn ich in Ihrem Gärtchen herumtrample. Ist Ihnen die Wahrheit zu hart.

Und so weiter. Wenn die Wörter Bumerangs gewesen wären, hätten sie ihm Ohren und Nase abgefetzt; Haare hatte er keine mehr unter seinem Beret, das er, wie er mir früher einmal erzählt hatte, auch zum Schlafen nicht ablegt. Ich schaute ihm in die Augen, versuchte, fein zu lächeln und ab und zu belustigt mit den Mundwinkeln zu zückeln. Er wusste nicht mehr, wohin schauen. Doch statt endlich zu schweigen, sprang er auf, zeigte mit ausgestrecktem Arm und spitzem Finger auf mich und rief: Der dort ist der schlechteste, phantasieloseste Maler. Er ist der größte Spießer, der unkritischste, unpolitischste Mitläufer und kann selber keine Kritik vertragen. Er will nur seine Bildchen malen und sie teuer verkaufen. Er handelt auch mit Meerschweinen, Kaninchen, Tauben, Eichhörnchen. Sogar Hühnermist können Sie bei ihm kaufen. Und weil die Leute so dumm sind, kaufen sie ihm alles ab, sie stehen Schlange, damit sie erzählen können: Ich habe auch etwas vom Dietrich.

Ich dachte, jetzt steigt er auf den Stuhl, fährt die Flügel aus und schwebt herum, am besten zum Fenster hinaus. Ich schaute ihn an, ich versuchte, ihm in die Augen zu sehen. Das Mäuerchen war schon ziemlich hoch. Gemein für ihn war: Solange ich nichts entgegnete, sagte von den Gästen keiner ein Wort, sie schauten zum Teil nicht einmal hin.

Er wurde mit jedem Satz verzweifelter, seine Stimme noch lauter, kurz vorm Überkippen. Dann war es wie beim Fluchen: Wenn du dich wiederholst, fällt dir bald nichts mehr ein; vor dieser Peinlichkeit solltest du aufhören. Ich schaute ihn gleichgültig an, machte ein Gesicht wie ein Stein. Nahm nicht mehr auf, was er schrie, darum kann ich Ihnen auch nichts darüber sagen. Eigentlich hätte ich pinkeln gehen wollen, aber dann hätte ich zurückkehren müssen. Meinen gleichgültigen Blick wollte ich nicht unterbrechen; der hat eine Ausdauer, der fast niemand gewachsen ist. Dann sah ich draußen meinen Zug kommen. Da ich schon bezahlt hatte, trank ich das Glas aus, sagte allen leichthin Adieu und ging. Draußen warf ich meine Mauer in den Abfallkübel und bestieg den Zug nach Berlingen.

Viele Jahre lang wusste ich nicht, was ich mit den Wünschen und Forderungen anfangen sollte – zumal es immer mehr wurden.

– Ich hätte bitte gern unser Hündchen von Ihnen gemalt für meine kleine Tochter, sie hat nächste Woche Geburtstag, und hier ist das Foto.

– Gern hätte ich eine Zeichnung von Ihnen für meinen Vater. Er ist mit Ihnen zur Schule gegangen und sagt immer, er hätte nie geglaubt, dass Sie einmal so berühmt würden. Es ist gleich, was auf dem Bildchen gemalt ist, ich möchte es in zehn Tagen abholen und bezahle dann bar.

– Könnten Sie ein Blumenbukett malen, ähnlich wie das für Schafroths, es darf auch das gleiche sein. Vielleicht malen Sie noch einen Kaktus dazu.

– Da ich demnächst heirate, könnten wir die Hosen, die Sie in meinem Geschäft kaufen möchten, gegen ein oder zwei Bilder von Ihnen verrechnen.

– Wenn Sie mir das Bild mit den toten Enten – die ich geschossen hatte – anstatt für hundertsechzig Franken für hundertvierzig geben, nehme ich es. Sonst können Sie es anderweitig verkaufen.

– Ich bin jetzt schon dreimal bei Ihnen gewesen und habe meinen Namen auf die leere Rückseite eines Bildes geschrieben. Sie haben mir das Bild versprochen. Später sagten Sie: Da hat jemand Ihren Namen durchgestrichen und seinen darüber geschrieben. Das geht doch nicht. Ich will Sie nicht der Lüge bezichtigen, aber langsam geht mir die Geduld aus.

– Ich bin wirklich nicht arm, und knauserig auch nicht. Das Bild mit den Mäusen in der Falle ist ein gelungener Ulk. Aber wenn Sie schon zwei Franken pro Maus verrechnen: Es sind nur zweiundzwanzig Mäuse auf dem Bild. Das würde vierundvierzig Franken kosten und nicht zweiundfünfzig. Meine Anfrage: Haben Sie vier Mäuse vergessen zu malen, oder haben Sie acht Franken für Karton und Rahmen verrechnet, oder können Sie nicht zählen?

– Nun habe ich Ihnen schon zweihundertfünfundsiebzig Franken für ein großes Seebild vorausbezahlt. Und jedes Mal, wenn ich vorbeikomme und es abholen will, sagen Sie: Ich hatte noch keine Zeit, es zu malen, kommen Sie vielleicht später wieder. Langsam habe ich den Eindruck, Sie wollen das Geld behalten und mir kein Bild malen.

– Mir gefällt das Bild mit den ausgestopften Tieren jeden Tag weniger. Es ist vielleicht gut nach der Natur gemalt, aber es tötelet. Ich erwarte jeden Tag, dass die präparierten Tiere auf dem Bild zu stinken beginnen und zerfallen. Da ich so schlau war und es noch nicht bezahlt habe, lasse ich Ihnen das teure Ding zurückbringen.

– Ich habe zwei Jahre lang heimlich vom Haushaltsgeld fürs Essen der Familie etwas beiseite gelegt für ein Bild von Ihnen. Jetzt hängt der *Winter am Untersee* in unserer Stube. Mein Mann sagt, einfacher zu essen hat niemandem geschadet, und das Bild ist es wert. Und ich selber bin sehr, sehr glücklich damit.

Mein Mäuerchen, manchmal meine dicke hohe Mauer, heißt Doktor Buck. Er hat mich gelehrt, die Leute wegen ihrer Briefe nicht zu verachten – wenn ich beim Goldschmied einen Ring kaufe, setze der auch nicht voraus, dass ich etwas über sein Handwerk wisse.

Doktor Buck hat immer die Übersicht behalten, er hat geordnet, auseinander dividiert und Streit geschlichtet, meine Versprechungen abgemildert, mir die Aufdringlichsten von Leib und Gewissen fern gehalten. Hat mir Farben besorgt, und manchmal hat er mich zum Essen eingeladen, weil er befürchtete, ich äße zu einseitig für mein dünnes Blut. Aber beim Goldschmied war ich nie.

An den Häusern von Renental vorbei. Kein Geräusch drang aus den Gebäuden, kein Licht. Nach feuchtem Gras roch es, nach Schweinen und Kühen. Der

Mond schien manchmal so hell, dass wir über das Wasser auf die deutsche Seite sahen. Dunkelgraue Striche im Schwarz, Schatten und eine Ahnung von Hügeln. Nicht immer bloß das geheimnislos Eindeutige, Entschiedene, sagte er, das gefällt mir. Es fiel mir auf, dass er auf dem Rückweg weder stehen blieb, noch den Schritt verlangsamte, während er sprach. Er lief neben mir her, gleichmäßig wie eine Maschine. Meist marschierten wir im Takt, manchmal knirschten zwei Paar Schuhe in unterschiedlichem Rhythmus über den Kies, aber immer zügig, nachtfrisch.

Föhn und Vollmond machen manche Menschen krank. Mich nicht. Mir gehts nie so gut wie bei Föhn und Vollmond. Ich fühle mich stark und tatendurstig, bin guter Laune und fresse böse Leute quer. Schon als Bub hat mir Föhnundvollmond gefallen, ich wollte immer beide Wörter entweder mit V oder F schreiben. Aber ich konnte mich nie entscheiden. Vöhn klang weich, fliehend. Dabei kann der ganz schön an den Hausdächern rütteln. Follmond erschien mir taub, zu trocken. Ich meinte stets, ich müsste das F übers Knie brechen und hätte dann zwei unförmige, kaputte Teile in der Hand oder zwei Hälften vom follen Mond. Später dachte ich, die beiden Wörter seien doch richtig geschrieben und könnten gleichwohl zusammengehören. Föhn und Vollmond.

Wir gerieten in den Wald, es wurde entschieden

dunkler. Gehen Sie ein wenig schräg hinter mir und achten Sie darauf, wo ich hintrete, ich kenne fast jeden Stein auf diesem Weg.

Ich weiß, Sie sind zu höflich, mir diese Frage zu stellen. Es ist merkwürdig, wie viele Leute sich für mein Liebesleben interessieren. Das Thema ist in Mode und wird es lange bleiben. Ich sage dazu nur: Irgendwann habe ich auch da ein Mäuerchen errichtet, relativ hoch. Sie selber haben es gemerkt. Haben Sie nicht gesagt, ich hätte in den frühen Zeichnungen den Menschen wirkliche Münder gegeben; auf den späteren Bildern aber allen Frauen die gleichen Aufklebe-Münder gemalt.

Janine habe ich nie gemalt.

Sie war meine Krankenschwester in Basel. Als ich als Notfall am Magen operiert worden war und aus der Narkose erwachte, sah ich in ein Gesicht, dessen Anblick allein mich von den Toten zurückgeholt hätte. Dunkelbraune, freudige Augen, unter dem properen Häubchen schauten dichte, rotbraune Haare hervor, und als sie sprach, war ich von ihrem Mund heftig angezogen, und in mir entstand eine Begeisterung, die mich wie eine riesige Meereswelle überrollte. Meine Hand wollte ihre Haut berühren, ihre Ohren, die Augen. Aber sie kam mir nie so nahe, dass ich sie erreicht hätte, und so ließ ich die Hand unten und schaute nur mit den Augen.

Janine.

Als mich meine Galeristin mit ihrem Bruder besuchte, befürchtete ich: Die sehen mir mit einem Blick an, dass ich ganz einmalig in die Krankenschwester verliebt bin. Ich dachte, dass ich, wenn sie mir das Fieber misst und den Puls, einen knallroten Kopf kriege, der nur nicht platzt, weil mir vom Schauen bereits die Augen herausgefallen sind. Aber Bettie Thommen sagte: Adolf, ich denke, Sie haben ein Riesenglück und hundert Schutzengel gehabt. Der Arzt sagte, zwei Stunden später, und Sie hätten nicht mehr gerettet werden können. Ich bin unendlich froh, dass ich meinen Kopf durchgesetzt habe. Und dass Sie sich nur keine Sorgen wegen der Kosten machen, die gehen an uns.

Sie haben sich gegen das Spital gewehrt wie ein angeschossener Eber, sagte Herr Thommen.

Gott sei Dank war der Eber so schwer verletzt, dass ihr ihn besiegen konntet, sagte ich. Ich danke euch. Und ich dachte: Die hundert Schutzengel in Ehren, aber der eine Engel hebt alle neunundneunzig andern auf, und just in dem Moment kam dieser schönste und liebste Engel der Welt, steckte mir lachend das Thermometer in den Mund, griff nach meinem Handgelenk, schaute beim Zählen auf die Wand. Ich war geniert, brauchte aber mit dem Thermometer im Mund nichts zu sagen. Sie schrieb die Zahlen auf das Blatt, das am Fußende des Bettes hing. Gut, dass er mir folgt, sagte sie zu den beiden, das wird schon wieder. Und zu mir sagte sie, heute Abend werden wir gewaschen und gepudert. Und in zwei Tagen laufen wir schon zum ersten Mal ein bisschen herum. Das klang nicht nach Krankheit und schwerer Operation, sondern selbstverständlich, heilend, ja, fröhlich.

Sie hatte schöne kräftige Hände. Wenn sie mich beim Waschen anfasste, traf mich jeweils ein wohliger, sympathischer Blitz. Wenn ich nackt vor ihr lag und sie mich nicht speziell liebreich ansah, sondern wie einen Mann, der zu waschen und einzukleiden ist, war ich nicht geniert, sondern fühlte mich ausgesprochen gut. Unter ihrer weißen Uniform vermutete ich einen wunderbaren Körper, und jedes Wort ihres Walliser Dialekts klang in mir wie Musik.

Und das blieb so, bis ich das Spital verlassen musste.

Ich sei gesund, munter und arbeitsfähig, wurde mir beschieden. Nachdem mir der Arzt das mitgeteilt hatte, musste ich gleich meine Sachen packen und gehen. Sie hatte an diesem Tag frei.

Viel später, als ich Thommens nebenbei fragte, ob sie etwas über meine Krankenschwester wüssten, betrachtete mich Bettie aus den Augenwinkeln, überlegte sich anscheinend die Antwort lange und gut, bis sie ein bisschen zögerlich, aber merkwürdig lächelnd meinte: Man sagt, fast jeder Mann verliebt sich in seine Krankenschwester, vor allem wenn sie jung und hübsch ist. Oft wollen die Männer sie gleich mit nach Hause nehmen. Die Krankenschwestern sind an die Liebesanfälle gewöhnt. Während der Ausbildung werden sie darauf vorbereitet.

Sie kam an jede meiner Ausstellungen in Basel, und einmal habe ich sie im Publikum in Zürich entdeckt, als ich partout nicht zur Vernissage wollte und doch ging. Sie begrüßte mich jeweils kurz und sehr freundlich und wünschte mir alles Gute. Ich stand jedes Mal wie vom Blitz getroffen in hellen Flammen. Bis ich zu mir kam, war sie immer schon ein Stück weit weg. So wie damals, als ich aus der Narkose erwachte.

Ich habe sie nie gemalt. Nicht für andere Augen.

Janine. Der Klang hielt sich lange. Und er beginnt sofort zu klingen, wenn ich an sie denke. Hören Sie ihn?

Ich höre den Klang.

Sagen Sie ihren Namen, ich will ihn von Ihnen hören, nur einmal.

Die Nacht sei still? Um uns räuschelt und quirlt und säuselt und röchelt und gluckst der Wildbach. Über uns zieht das hohe Röhren der Flugzeuge, von der Seestraße herauf das Vorbeiwischen der Autos, dann das Flüstern der Tannen im Wind. Und der Wind selbst, er ist der unzuverlässigste Nichts, der doch dauernd etwas tut, die Lüfte und Welten und Winzigkeiten bewegt, nur bewegt, und dann ist es vorbei, wie nicht geschehen.

Kann ich den Umhang aus dem Rucksack haben? Es fröstelt mich, obschon die Luft fast lau ist.

Hören Sie auf mit dem *Einsiedler vom Untersee.* Ich war kein Einsiedler, hätte das nie ausgehalten, und aus christlichem Eigennutz schon gar nicht. Auch Malerfreunde habe ich bald gefunden, und wie oft haben wir in schöner Ein- oder Zwietracht über Malerei, Moderne, Mediokrie und Mirkannstdumal diskutiert, bis nicht nur die Köpfe rauchten. Auf der Reichenau arbeiteten zu Anfang des Jahrhunderts viele Maler, und in einigen dieser Ateliers war ich recht häufig zu Gast. Die Museen in Mannheim, Stuttgart, Basel, München und Zürich kenne ich ein bisschen. Aber ich rede lieber über das Wetter als über die Malerei.

Ich sehe etwas, das mich interessiert. Je länger es mich interessiert, desto mehr wird es zu einer Sache. Diese Sache denke ich so lange, bis sie sich erfüllt oder vergeht. Oder zu einem Bild wird. Das Schöne dabei ist: Es kommt nur ins Bild, was du willst und wie du es willst. Das Bild denke ich so lang, bis ich mir sicher bin: So und nicht anders wird das. Und dann gibts nichts mehr daran zu ändern, auch wenn ihr mich in zehn Kunstschulen schickt. Für mich gilt: Ein Bild geht durch meine Augen, meinen Körper, meine Hände, meinen Pinsel – was alles dasselbe ist – auf den Karton. Das Malen selbst ist die leichteste Arbeit, und du siehst sie.

Für die Städter findet das Wetter nicht statt, sie langweilen sich, wenn unsereiner davon redet. Für mich ist das Wetter immer da, und immer anders, in jeder Sekunde. Es gibt nie kein Wetter. Wenn man es nicht kaputtmacht, ist es unabhängig von den Menschen. Die können sich noch so tief in ihre Höhlen eingraben, das Wetter ist trotzdem. Man kann es vergessen, nicht beachten, doch abschaffen kann man es nicht.

Das Wetter ist die Haut, in der alles lebt. Stell dir deinen Körper vor ohne Haut. Er stürbe sofort. Zuerst an Atemnot, dann, weil alles von seinem Platz fällt und nicht mehr funktioniert.

Auf allen meinen Bildern ist Wetter. Selbst auf den Porträts. Man sieht es nicht überall gleich deutlich, aber immer ist es.

Landschaft ist eine Unterabteilung des Wetters. Landschaft ist auch überall, jedoch sehr verletzlich. Immer diese Landschaftsbeschreibungen in den dicken Romanen, sagen viele. Als junger Mensch habe ich gerne Landschaftsbeschreibungen gelesen, etwa aus Russland oder aus Norddeutschland. Auch die Beschreibungen von Wüsten und Gebirgen fand ich spannend. Wenn sie gut waren, reiste ich in den Beschreibungen. Wenn ich von Landschaften lese, bin ich körperlich dort, laufe über die Steine und die Erde dort, durch die Städte.

Aber wegen der Landschaft brauche ich heute nicht mehr weit zu reisen. Wenn man sie einmal begriffen hat, kann man vom einen aufs andere schließen. Ich brauche nur meine Hauslandschaft zu verlassen, schon bin ich in einer anderen Landschaft, ob mit geschlossenen oder offenen Augen.

Die Menschen machen Landschaft zu Besitz, zu Geld. Dann ist es nur noch Land oder Boden. Den kann man vermessen und einen Preis dafür festlegen. Den Boden kann man so verändern, wie man ihn haben will – zum Gebrauch, heißt das. Die Luft über dem Boden nimmt man als Dreingabe.

Unsere Familie war eine erfolglose Besitzerin. Darum hatten wir so wenig Land. Also ging ich mit den Augen in die Landschaft hinaus. Die musste ich nicht kaufen. Ich konnte sie sehen, in ihr gehen und durfte von ihr nehmen. Die Landschaft wurde dadurch nicht weniger, im Gegenteil: Mit jedem Bild vermehrte ich sie um ein winziges Stück.

Ja, so ist das.

Die Bäume standen jetzt weniger dicht, und es fiel etwas mehr Mondlicht auf unseren Weg. Von unten hörten wir eine Stimme und Schritte, und dann sahen wir eine Gestalt den Berg hochkommen, die offensichtlich mit dem Aufstieg, den Wegrändern und ihrem Gleichgewicht kämpfte – und das undeutlich, aber laut kommentierte. Als uns der Hüne in Umhang und Hut schwer schnaufend entgegenkam, fragte er: Wer seid ihr?

Die Nachtbuben von Berlingen, sagte ich keck.

Dann bin ich der Tod.

Mit dergleichen scherzt man nicht, sagte ich. Kommen Sie gut nach Hause.

Der Tod hat kein Zuhause. Dein Kumpan sieht aus wie ich, wie mein kleiner Bruder. Warum sagt er nichts?

Als kleiner Bruder des Todes darf er schweigen.

Einen freundlichen Gruß erwarte ich schon.

Grüß dich, Herr Tod, sagte artig Herr Dietrich.

Siehst du, es geht. Dann fahrt zur Hölle, gute Nacht! Er krümmte sich und erbrach sich rülpsend in die Sträucher. – Oder zum Himmel, gute Nacht!, rief er uns nach.

Letzthin betrachtete ich nach dem Rasieren im Spiegel lange mein Gesicht. Nahm den Spiegel von der Wand, stellte ihn vor mich auf den Tisch. Und versank darin, lief wie eine Treppe hinab meinen Vorvätern nach: dem Vater, dem Großvater, dem Urgroßvater und so weiter. Keine Mütter, nur die Gesichter von Vätern. Sie sahen immer fremder aus.

Ihre Wangenknochen wurden breiter, die Augen schmal geschlitzt, die Haare schwarz, gerade und lang. Ein endloser Film. Im Hintergrund glitten immer nördlichere Landschaften vorbei. Die Bäume wurden spärlicher, schließlich gab es nur noch Sträucher und dann Schnee. Rentiere waren da und Hunde und Zelte. Der Film lief immer schneller, und als ich dachte, ich erkenne gar nichts mehr, hielt das Band plötzlich an. Und eine Frauenstimme sagte: Hier bist du zu Hause. Die Frau stand vor dem niedrigen Eingang einer Kote. Rings um die Kote war spärlich bewachsenes Bergland, und im Hintergrund lag ein Hügel unter gelben Wolken.

Die Samen in Lappland kannten keine Kriege. Dafür kannten sie viele Wahrheiten und viele Geschichten. Den fremden Kriegern unterwarfen sie sich zum Schein und erzählten ihnen, was die hören wollten. Jede List war erlaubt, wenn sie nur den Stamm der Samen am Leben erhielt. Und da das Land unwirtlich war und niemandem und allen gehörte, die Rentiere ohne das Wissen der Samen eingingen, und keiner sich den Kriegern entgegenstellte, blieb den Fremden nur die Wahl weiterzuziehen, auf der Suche nach einem Volk, das für Besitz und Wahrheit Kriege führt.

Dort war ich zu Hause. Aber in Berlingen bin ich auch recht gut zu Hause. Es dauert nicht mehr lange, dann sind wir unten am See. Die ersten Häuser riecht man schon. Gehen Sie wieder schräg hinter mir, sonst stolpern Sie. Es wird finster, die Wolken greifen den Mond an.

In der Natur habe ich nur Skizzen gemacht und fotografiert. Dann kamen die Sachen in mein Gedächtnis zum Gären. Wenn sich das Unklare und Trübe gesetzt hatte, kam irgendwann der Punkt, wo ich am Tisch in der Stube zu malen begann. Dabei gabs meistens keine Probleme, außer den üblichen: Wie malt man Wasser. Wenn der Wind darüber streicht oder sich die Sonne darin spiegelt, ist es nicht allzu schwer. Aber wenn es am Morgen da liegt wie ein Traum – und nicht einmal das Wässrige sieht man ihm an …

Oder wie sollte ich die blinkenden Lärmbahnen der Flugzeuge über uns malen. Ich kann das Blinken zeigen, aber nicht dieses dumpfe, flache Rollen am dunklen Himmel – ich kann die Flugzeuge doch nicht immer die Sternbahnen kreuzen lassen. Außerdem hab ich mit Sternen Schwierigkeiten: Man sieht sie so klein, dabei stürzen sie nachts als rasend größer werdende Meteoriten auf mich herab und füllen mein Gehirn.

Als junger Mensch wollte ich die Ewigkeit malen. Vielleicht hing das mit den Gesprächen unter Malerkollegen zusammen. Für sie fing die Ewigkeit jenseits der Sterne, jenseits der Milchstraße an.

Der Wasserwald … Ich muss etwa elf Jahre alt gewesen sein, als Vater und Mutter mich beidseitig an der Hand nahmen und durchs Dorf in die Rebberge hinaufstiegen. Es war ein heißer Sonntagnachmittag im Sommer. Ich freute mich, dass Mutter mitkam, und dass ich das einzige ihrer Kinder war, das sie mitnahmen. Sonst ging Vater am Sonntagnachmittag, wenn schönes Wetter war, zum Arbeiten in den Rebberg und nahm alle Kinder mit, die grade zu Hause waren. Diesmal stiegen sie nicht den steilen Fußweg zwischen den Häusern hinauf, sondern wir gingen zu dritt die Dorfstraße entlang. Es muss etwas feierlich und komisch ausgesehen haben: Die Eltern Dietrich halten ihren Jüngsten an der Hand und spazieren mit ihm durchs Dorf. Aber da ich ja ein Kleiner, Dünner war, den man oft *das Verreckerli* nannte, mochte es vielleicht nicht so weither gewesen sein mit der Komik.

Die Eltern redeten mit gedämpften Stimmen über meinen Kopf hinweg und besprachen ihre täglichen Sorgen; von Letzteren hatte ich etwas mitbekommen, als Vater erstmals ein Stück seines Weinbergs verkaufen musste. Sonst fühlten wir Kinder uns gerne vom Ernst dieser unangenehmen Andeutungen ausgeschlossen.

An diesem Tag fühlte ich mich ein bisschen als Hahn im Korb oder wenigstens als Hähnchen, dem gut zugeredet und zugefüttert wurde, damit es einst ein schöner großer Hahn würde. Allerdings: Wenn jemand vom Hahn im Korb redete, meinte ich, dass so ein bunter stolzer Hahn selbständig auf seinen spitz besporten Beinen einherschreiten müsste – oder meinte man vielleicht mit *Hahn im Korb* den schon zubereiteten, zerlegten Braten?

Als wir bei unserem Gemüsegarten anlangten, füllte Vater an Nachbars Quelle eine Wasserflasche, und die Eltern setzten sich in den Schatten unseres Nussbaums. Das war das Zeichen, dass ich meine Streifzüge durch die Reben, die Hecken, zum Teich unterhalb der Felswand beginnen konnte. Das Schöne am Sonntag war, dass ich schauen, hören und verweilen durfte, ohne dass Vaters Stimme zur Arbeit rief.

Wo wohl der Feldhase den heißen Nachmittag verschlief? Ihn hatte ich mir angefreundet. Obwohl er vorher nie zu schüchtern gewesen war, sich von unserem Gemüse zu bedienen, hatte ich ihm wochenlang fast jeden Tag ein Rübchen unter den schattigen Holunderbusch gelegt. Mit der Zeit begriff er, von wem das Dessert stammte und rannte nicht mehr weg, ich konnte ihn streicheln. Vater meinte, der Hase wäre vielleicht krank, aber er sah nicht krank aus – sogar kraftvoll und beinah herrisch, wenn er mit wachen Augen, straffen Löffeln nervös Witterung nahm und dann mit beiden Hinterläufen kräftig auf die Erde schlug.

Als ich niederkniete, um durchs Gebüsch zu kriechen, sahen wir uns Aug in Aug. Er hatte wirklich geschlafen. Nicht sonderlich verängstigt, eher phlegmatisch, setzte er sich auf, und dann wartete ich auf ein brunnentiefes Gähnen. Aber er hoppelte nach rechts davon. Dann muss ich nach links, dachte ich, kroch in dem Gebüsch voran. Plötzlich raschelte es, und die Häsin sauste vor meiner Nase davon. Unter einem Strauch, dessen Zweige bis auf den Boden hingen, entdeckte ich zwischen zwei Steinbrocken den Eingang, und drinnen pfiff und mümmelte es schwach. Ich rückte den einen Stein ein wenig zur Seite – und da saßen vier kleine graubraune Feldhäschen, drückten sich eng zu einem Hasenhäufchen zusammen, bibberten und schlossen ihre Augen, als ob es mich nicht gäbe, wenn sie mich nicht sähen.

Ich rückte den Stein wieder hin. Kroch weiter, fand auf halber Höhe Vogelnester. In einem hatte sich ein Kuckuck breitgemacht. Er füllte das Nest bis an die Decke aus und streckte nur den aufgerissenen Schnabel aus dem Loch. Was sollte ich tun? Er würde verhungern, der Ausschlupf war für ihn zu klein, seine Pflegeeltern fütterten ihn ab einem bestimmten Tag nicht mehr, weil er flügge werden sollte. Vergrößerte ich das Loch, würde er herausfallen und eine leichte Beute der Füchse, Marder und Katzen werden. Zudem war die Starthöhe zum

Fliegen viel zu niedrig; das halbe Pfund Vogel würde zwischen die Zweige plumpsen und sich dort jämmerlich verfangen. Also: mit nach Hause nehmen. Er war ja nicht der Einzige, der in meiner Sammlung schon herumkroch und -flog. Ich brach den Ast ab und trug ihn unter lautem Protest des um mich herumflatternden Finkenpärchens zu meinen Eltern. Mutter schaute mich an, als folgte mir ein Waldbrand, Vater sagte, kommt nicht in Frage, unser Haus ist voll von deinen Tieren.

Und von deinen auch!, sagte ich.

Also stiegen wir wieder ins Gehölz und suchten einen Baum, auf den ich klettern konnte. Vater reichte mir auf einem langen gegabelten Ast das Nest mit dem verzweifelt piepsenden Kuckuck. Ich befestigte das Aststück mit dem Nest und vergrößerte das Loch für den Flugschüler.

Wir setzten uns zehn Meter vom Baum entfernt auf einen Strunk. Siehst du, die Eltern füttern ihn nicht mehr, sagte Vater. Die Finken flatterten um das Nest, piepsten und zeterten und lockten. Sie fliegen ihm vor, sagte Vater, wenn ers begreift, versucht er es jetzt. Tatsächlich, der dicke Herr Vogel zwängte sich durch das Loch, verlor, wild mit den Flügeln schlagend, das Gleichgewicht und pfeilte mit ausgebreiteten Flügeln schwankend und schreiend zwischen den Bäumen hindurch und – stürzte nicht ab, sondern erwischte wie ein Trapezkünstler einen Ast, um den herum er eine Volte schlug, bevor er schimpfend Stand fand. Die Finken spornten das graubraun getüpfelte runde Pfündlein zu weiteren Heldentaten an.

Ich flüsterte Vater zu: Wenn er abstürzt, nehme ich ihn mit nach Hause. Der stürzt nicht ab, sieh! Der Kuckuck schien verstanden zu haben. Er plusterte sein Gefieder, ging recht sicher auf dem Ast hin und her und stürzte sich plötzlich mit Todesmut in die Luft, schrie und glitt wie eine Kugel dem Boden zu, als er kurz vor dem Aufprall mit den Flügeln schlug, nochmals und nochmals, er gewann an Höhe und erreichte tatsächlich mit dem letzten Schwung einen Ast. Die Finken waren still geworden oder verschwunden.

Vor dem Abend kann der fliegen, sagte Vater, stand auf und ging zu Mutter zurück.

Ich beobachtete noch ein paar Flugversuche des Kuckucks, die ihn immer tiefer in den Wald hineinführten. Ich lief ihm nach, und dann stand ich am Weiher. Er war nicht größer als einer unserer Rebplätze. Auf einer Seite stand zerzaustes Schilf, die andere Seite ging in Sumpf über, dahinter lag eine etwa fünf Meter hohe Felswand, dort schien das Wasser aus einer kleinen Höhle in den Teich zu fließen. Ich watete durch den Sumpf und kletterte zum Höhleneingang. Aber es war nur eine Höhlung in der Wand; aus einem armdicken Loch floss wenig, aber kaltes Wasser. Ich benetzte damit mein heißes Gesicht, stapfte durch den Sumpf zurück und lehnte mich im lichten Gehölz neben dem Wasser an eine Esche.

Das grünhelle Flimmern der Sonne durch die Blätter, die reglose Stille des Sommernachmittags, der scharfe Geruch nach stehendem Wasser und moderndem Holz, ein feines Rascheln im Laub, und auf einmal war ich im Wasserwald.

Der Wald war voller Wasser oder der Weiher voller Wald. Der Himmel war oben und unten, und überall schien Sonnenlicht, und Schattenhänge gab es und Wolken und Dunst. Vögel flogen durch das Wasser, und eine Blindschleiche kam langsam auf mich zugeschwommen. Sie sagte: Komm mit, ich zeig dir die Farben.

Ich wunderte mich, dass ich die Blindschleiche hörte und verstand.

Was willst du mir Farben zeigen? Hier sind genug, sieh doch: Der Tropfen, der von meinem Finger in den Weiher fällt, schillert wie der Regenbogen überm See, die Blätter der Bäume blätteln lind- und moosgrün im Wasserwind, die Libellenflügel sirren kobaltblau und smaragdgrün.

Die Blindschleiche schwamm auf Augenhöhe vor mir, schwänzelte leicht und schaute mir in die Augen, immer tiefer schaute sie in mich hinein, bis mir heiß wurde und ich den Blick senkte.

Ich glaube, die Blindschleiche ist verliebt in mich, dachte ich und hörte wie eine Antwort: Im Wasserwald ist alles möglich.

Die Blindschleiche begann, mich zu umschwimmen. Mit langsamen, eleganten Schlangenbewegungen schwamm sie Spiralen, ovale Ringe, schräg im Wasser liegende Achterfiguren, sie schwamm Wolkenberge, Flussläufe und flatternde Bänder. Manchmal berührte sie mich beinah, aber doch nicht ganz. Das machte sie so lange und so lieblich, bis ich mich nach ihrer Berührung sehnte. Ich machte mich auf ein schauerlich schönes Gefühl gefasst oder auf einen Stromstoß oder auf einen Kuss, bei dem eine Zunge zärtlich über meine Lippen glitt, alles wäre mir recht gewesen, ich wurde süchtig nach –

Aber da erzeugte die Blindschleiche mit ihrem bebenden Leib eine Art Wassermilch, alles um sie herum wurde unscharf, gleich würde sich die Wassermilch über mich ergießen. Ich spürte, wie es mir im Hals eng wurde, nur mit Mühe konnte ich die Luft einatmen, aber ich brachte sie fast nicht mehr aus mir hinaus. Du bist ein dummer Junge, hörte ich die Stimme der Blindschleiche, du hast vor allem Angst.

Die Milch schien zu gerinnen, und dann spürte ich etwas um Hals und Gesicht. Ich sah nichts, spürte nur glitschige Haut, fein wie nasses, warmes

Fell. Es roch nach süßen Früchten und Zitrone, und die Berührungen waren wunderbar. Ich bekam beinah Schmerzen, so riesig sympathisch war das, und ich wand mich vor Lust und wollte den Mund öffnen, um all das einzusaugen, und ich wollte alles zurückgeben und wieder nehmen und wieder geben. Aber ich brachte die Lippen nicht auseinander und die Augen nicht. Ich kämpfte und wollte schreien. Nichts wollte ich loslassen, was ich spürte, nichts.

Und dann bekam ich wirklich keine Luft mehr, ich tauchte keuchend auf – die Milch war fort, und das Wasser klar wie der Himmel über und unter mir. Ich bin im Wasserwald, sagte ich mir.

Ja, du bist im Wasserwald, und ich auch. Das war die Blindschleiche. Sie bildete einen Ring um meinen Bauch und sagte, jetzt zeige ich dir die Farben, sonst vergehn sie.

Wir schwammen lange durch den Wasserwald. Als die Blindschleiche sah, dass ich mich nicht mehr sträubte, mit ihr zu gehen, löste sie den Ring um meinen Bauch und schwamm auf Brusthöhe neben mir. Wir gelangten um eine Biegung, die ich vorher nicht gesehen hatte, und sie sagte: So, hier sind die Farben, die ich dir zeigen wollte.

Vor mir im Wasser sah ich unsere Reb- und Gemüsegärten, weiter unten das Dorf und die Ufer des Sees. Doch eine Glaswand schien zwischen ihnen und mir zu liegen. Ich fragte die Blindschleiche.

Sie antwortete nicht, ihre Haut berührte mich leicht an der rechten Wange, als sie schlängelnd davonschwamm.

Ich spürte, wie ich den Mund aufriss und nach Luft schnappte, ein Donnerschlag fuhr durch den Wald. Und dann hörte ich Vaters Stimme, die meinen Namen rief. Ich rief zurück und lief in seine Richtung, es donnerte und stürmte und goss. Vater packte meine Hand, und Mutter packte die andere, und in großen Schritten rannten sie mit mir den Hügel und mitten durchs Dorf die Dorfstraße hinunter, hinein ins Haus, die Treppe hinauf, und ich musste mich in der Stube nackt ausziehen, was ich zum Sterben ungern tat. Mutter begann zu rubbeln, sie rubbelte wort- und gnadenlos, ich konnte kein Wort dazu sagen, sie rubbelte überall und gründlich, bis ich ganz warm kriegte und trocken war.

Nach den letzten Biegungen des Weges kamen wir an den ersten Häusern vorbei. Ich hielt mich schräg hinter ihm, wie er es geraten hatte. Der Mond war inzwischen fast ganz hinter den rasch dahinfahrenden Wolken verschwunden. Wir gingen die Dorfstraße hinunter. Nah stehn die Häuser beieinander. Es ist noch nicht Mitternacht, aber nichts regt sich, nichts bewegt sich. Doch, in einem Hinterhaus läuft ein Fernseher, und unten auf der Seestraße fährt ein Auto vorbei. Als wir über das Brücklein des

Dorfbachs gehen, wird sein Schritt langsamer, er bleibt stehen, hält sich am Geländer fest.

Sehen Sie das? Die Häuser stehen alle schief. Die Giebel hängen über. Das Dorf rutscht in den See. Alles rutscht, davor habe ich mich immer gefürchtet, mein Leben lang. Sehen Sie, der Kirchturm ist schon weg.

Der Kirchturm steht wie immer. Sie brauchen sich nicht zu fürchten. Dort vorne ist Ihr Haus. Nichts rutscht ab in den See. Glauben Sie mir.

Ich habe mich immer gestemmt gegen dieses Rutschen. Aber man kann nichts dagegen tun, die Wolken fliegen tief in dieser Nacht.

Als wir vor seinem Haus ankamen, sahen wir im Schein der Straßenlampe die vierfärbige Katze. Sie maunzte fein, dann ein bisschen lauter, humpelte ein paar Schritte auf drei Beinen, damit wir ihre Verletzung sähen und auf der Türschwelle die Maus mit dem abgebissenen Kopf.

Da ist sie wahrhaftig, sagte er. Er beugte sich nieder und streichelte sie. Was habe ich ihr versprochen?

Milch und ein paar Brocken Brot, sagte ich.

Nachwort

In der Januar-Nummer 1958 der Zeitschrift *Du* begegnete ich in einer Reportage von Manuel Gasser erstmals dem Maler Adolf Dietrich, seinen Bildern und seiner Landschaft am Untersee. Ich war im Handumdrehn gepackt von Dietrichs Gemälden und Zeichnungen, ihrer Klarheit und ihrem Geheimnis, der prägnanten Eigenständigkeit des Sehens und schließlich von der Wahrhaftigkeit der Maltechnik.

Ich war neunzehn, Schriftsetzerlehrling in Bern. Ein halbes Jahr vorher war Dietrich in seinem Haus an einem Julimorgen nicht mehr aufgewacht. Ich war damals ein heftiger Schauer und Riecher und Spürer, warf mich neben dem Fußball mit Heißhunger auf moderne Literatur, Malerei, Fotografie und Jazz – in den späten fünfziger und frühen sechziger Jahren nichts Außergewöhnliches für einen jungen Menschen. Allerdings hatte ich bereits ganze Stapel Gedichte geschrieben, mindestens zwei Romane angefangen – und alles, die Literatur wird es mir danken, verbrannt; beides, das Schreiben und das Verbrennen, geschah selbstverständlich heimlich.

Mit zwanzig ging ich nach Genf, wo ich neben der Berufstätigkeit bei einem Künstler malen lernen wollte. Die gedachte Malerlaufbahn endete so schnell, wie sie begonnen hatte. Auf der Reise von Genf nach München, wo ich neben der Berufsarbeit meine heimliche Literatur weiterbetreiben wollte, machte ich in Egnach bei Romanshorn Zwischenstation, besuchte Noldi und Annemarie Schwitter, die nebst der Druckereiarbeit die alternative Zeitschrift *Clou* herausgaben und einen kleinen Buchverlag gegründet hatten. Ich blieb hängen. Also: anstatt München Redaktor und Verlagsmitarbeiter am Bodensee, und zwar nicht auf dessen Künstlerseite – oder doch? Auf der Adolf-Dietrich-Seite.

Überallhin kam das *Dietrich-Du* mit. Immer wieder zogen mich die Bilder *Der Vater, die Treppe heraufsteigend, Seidelbast im Garten des Künstlers, Stillleben mit Kürbissen, Zwei Katzen, Winter am Untersee, Schneeball, Garten in Berlingen, Frühling in der Stadt* magisch an. Dann fand ich die Biografie von Karl Hoenn – dem es in seinem ziemlich fragwürdigen Werk (1942) gelang, Dietrichs jüdischen Entdecker und entscheidenden Förderer, Dr. Herbert Tannenbaum aus Mannheim, mit keinem Wort zu erwähnen! Ich erfuhr mehr über Dietrichs Leben, lernte seine Umgebung und, in Schwarzweißabbildungen, weitere Bilder kennen, zum Beispiel *Meine Abendgesellschaft, Winterlandschaft mit Schwänen, Mond-*

scheinlandschaft am See, Großes Gartenbild, und manchmal begegnete ich Fotos von Hans Baumgartner, der Freund Adolf nicht nur immer wieder fotografiert, sondern auch mehrmals zu Eröffnungen von dessen eigenen Ausstellungen buchstäblich hingeschleppt hatte.

An vielen Abenden und Sonntagen fuhr ich von Egnach nach Berlingen, um «die Bilder», oder meinetwegen die «Originale der Bilder», Dietrichs Dorf, die Landschaft zu besuchen. Hätte Dietrich damals noch gelebt, ich weiß nicht, ob ich den Mut gehabt hätte, ihn zu besuchen; vielleicht als Redaktor des *Clou*. Aber als Privatperson, als Liebhaber seiner Malerei: wahrscheinlich nicht. Im *Du* und bei Hoenn las ich, wie ungebetene Gäste bei Dietrich fast täglich ein- und ausgingen, und nicht immer zu des Meisters Freude. Ohne konkreten Grund sein Haus zu besuchen, seine Wohn- und Malstube – ich wäre mir als Eindringling vorgekommen. Erst 1998, als ich endlich, von einigen Clichés befreit, an diesem Buch schrieb, getraute ich mich. Aber nur, weil ich Urs Oskar Keller, der das Dietrich-Haus seit drei Jahren bewohnt und betreut, von früher her kannte!

Was mich an Dietrich schon damals faszinierte: In einer Zeit, in der die Generation der Forderer heranwuchs, verkaufte ein bescheidener Mensch mit fast krämerischer Geste Bilder, die großartige

Gaben an die Menschen waren. Trotz einfachster Ausbildung seiner sehr eigenen Sichtweise und seines Handwerks sicher, für Kritik praktisch unerreichbar, und spät, aber nicht zu spät, von Herbert Tannenbaum in Mannheim für Deutschland entdeckt, malte er unentwegt Bild um Bild; trotz unzähliger Versuche, ihn und sein Werk den «Naiven» oder «Primitiven» zuzuordnen – wohin er für mich nicht gehört –, trotz des Ruhms, der vor dem Zweiten Weltkrieg im Vorkriegs-Deutschland seinen Höhepunkt erreichte, ist er sich treu geblieben. Wahrscheinlich wusste er, dass er anders nicht malen konnte.

1964 verließ ich Egnach in Richtung Berlin – im Gepäck den grade erschienenen Band *A. D. als Zeichner*, herausgegeben von Hans Buck. Der Rechtsanwalt aus Kreuzlingen war ein langjähriger Freund des Künstlers. Er hat ihn zeitweise fast rundum betreut, Malzeug, Farben und Zeichenkarton für ihn gekauft, ausgestopfte Tiere als Malvorlagen beschafft, er hat sich um Dietrichs Gesundheit gekümmert und für ihn vor allem im Alter manchen Streit der Kunden geschlichtet und manche Verwirrnis, die Dietrich aus welchen Gründen auch immer gestiftet hatte, entwirrt.

1967 schrieb ich das erste Gedicht zu einem Bild von Adolf Dietrich: *Mädchen mit Maikäfer*.

1977 erschien das große Buch über *Ad. Dietrich*.

Die beispielhafte und kenntnisreiche Biografie von Heinrich Ammann – den eine jahrzehntelange Freundschaft mit Dietrich verband, und der heute noch der beste Kenner von dessen Werk und Leben ist – mit den mehrheitlich farbigen Reproduktionen der wichtigsten und bekanntesten Bilder und Zeichnungen wurde für mich zu einem Lieblingsbuch voller erstaunlicher Schätze.

Als mich das Bücherverlegen und -drucken 1987 neuerdings in den Thurgau und in die «Nähe» von Adolf Dietrich brachte, rückte mir das langjährige und so oft verschobene Projekt einer «Erzählung mit A. D.» auch räumlich wieder näher.

Dietrich reiste fast jedes Jahr, so lange es ging, und meist zu Fuß, von Berlingen nach Frauenfeld an den Frühjahrs- und Herbstmarkt. Ich habe den Seerücken und die Landschaft des Untersees jahrelang erfahren und erwandert. Natürlich bin ich auch Dietrichs verschiedenen Routen nachgegangen, das letzte Mal am 8. August 1998.

A. D. war immer dabei.

Diese Erzählung ist keine Biografie. Ich habe Ereignisse, Aussprüche, Anekdoten, Daten hauptsächlich der Biografie von Heinrich Ammann und dem Dietrich-Archiv entnommen und literarisch umgeformt. Selbstverständlich ist in dieser Erzählung wie in den meisten literarischen Werken nicht mehr auseinander zu halten, was überliefert, dazugeschrieben und was vom Autor selber eingeflossen ist. Nur die historisch gesicherten Namen von Dietrichs langjährigen Freunden, die in einem direkten Zusammenhang mit dem Werk stehen, habe ich beibehalten – wie Heinrich Ammann, Hans Baumgartner, Dr. Hans Buck, Albert Dietrich, Dr. Herbert Tannenbaum, Bettie Thommen. Alle anderen Namen sind frei erfunden.

Adolf Dietrich – Daten

Am 9. November 1877 in Ermatingen als jüngstes von sieben Kindern geboren. Der Vater stammt aus Oberbussnang. Er war Polizist und Zollbeamter, wird später Kleinbauer auf dem Gütlein, das seine Frau, geb. Kern, Ermatingen, in die Ehe gebracht hat.

Der Bub Adolf liebt Entdeckungsreisen: «... das Blau des Himmels & die Wolken, Pflanzen & die Blumen erregten mein Interesse & den Wunsch diese Wundersachen nachzuahmen.» Primarlehrer Osswald erkennt und fördert das Zeichentalent, schlägt eine Lehre als Lithograf vor – für die Eltern ein Beruf für Kinder reicher Leute.

1894: Eintritt in die Trikotfabrik Berlingen. Zuerst als Fabrikarbeiter, dann als Maschinenstricker zu Hause – fünfzehn Jahre lang. In der kargen Freizeit zeichnet und malt er.

1905 bestellt Bruder Albert die Porträts der Eltern. Noch im selben Jahr stirbt die Mutter.

1910 wird Dietrich Waldarbeiter, für kurze Zeit Gleisarbeiter.

1913 werden erstmals einige Bilder im Wessenberghaus in Konstanz ausgestellt.

1918 stirbt der Vater. Der bis dahin stärkste Einschnitt in Dietrichs Leben; seit dem Tod der Mutter lebten und wirtschafteten Vater und Sohn allein in ihrem Häuschen.

1919 werden in Mannheim sieben Bilder von Dietrich gezeigt. Dadurch wird der Galerist Dr. Herbert Tannenbaum auf den Künstler aufmerksam, er besucht ihn in Berlingen. Damit beginnen die jahrelange Zusammenarbeit und der Durchbruch in Deutschland. Selbst als Tannenbaum, auf der Flucht vor den Nazis, in die Niederlande und später die USA emigriert, bleibt er dem von ihm entdeckten Maler treu.

1922 veranstaltet Tannenbaum die erste Einzelausstellung in Mannheim; ein schöner Erfolg.

1927 erreicht Tannenbaum in Berlin eine Dietrich-Ausstellung mit 60 Bildern. Überschwänglich lobt die Presse, «... einer der größten lebenden Maler». In der Schweiz merkt man von alledem nichts.

1931: Dr. Willy Schohaus, Kreuzlinger Seminardirektor, wird ein wichtiger Dietrich-Förderer. Er gibt ihm den Auftrag, 50 Bilder der einheimischen Singvögel zu Schulzwecken zu malen.

1933: Magendurchbruch. Die Basler Galeristin Bettie Thommen und ihr Bruder leisten schnelle Hilfe: Operation in einem Basler Spital und anschließende Erholung in Basel.

1936: Dietrichs Bilder werden in der Ausstellung

Neue Deutsche Kunst in Köln gezeigt. Es ist für Jahre die letzte Ausstellung in Deutschland. Tannenbaum muss seine Galerie verkaufen und das Land verlassen. In Deutschland brechen die Beziehungen und Verkaufsmöglichkeiten für Dietrich zusammen.

1937: Tannenbaum veranstaltet in Amsterdam eine Ausstellung mit 30 Dietrich-Bildern. 14 Werke von Dietrich werden in die im Rahmen der Weltausstellung in Paris gezeigte Ausstellung, *Les maîtres populaires de la réalité*, aufgenommen.

1938 ist der internationale Durchbruch geschafft: Als *Masters of Popular Painting: Modern Primitives of Europe and America* geht die in Paris gezeigte und um amerikanische Maler erweiterte Ausstellung nach London, New York (Museum of Modern Art) und in weitere amerikanische Städte.

1941 erwirbt die Thurgauer Regierung das erste Bild von Dietrich: *Schiffsteg im Winter, 1940.*

1942: Bisher größte Werkschau im Kunsthaus Zürich. Der große Publikumserfolg ist da.

1952: Jubiläumsausstellung im Museum zu Allerheiligen in Schaffhausen.

1953: große Austellung im Winterthurer Kunstmuseum.

Am 4. Juli 1957 stirbt Adolf Dietrich in seinem Haus in Berlingen.

Die Daten habe ich mit freundlicher Genehmigung dem Ausstellungskatalog *Adolf Dietrich. Seine Themen. Sein Leben* entnommen, den das Kunstmuseum des Kantons Thurgau zur gleichnamigen Ausstellung 1994 herausgab.

Bilder – Bücher – Kataloge

Im Kunstmuseum des Kantons Thurgau in der Kartause Ittingen ist im *Haus Adolf Dietrich* eine ständige Ausstellung aus der Sammlung zu sehen.

In Berlingen, Seestraße 26, steht Adolf Dietrichs Geburts- und Sterbehaus; es ist zugleich ein kleines Museum. Besichtigungen und *Wanderungen auf den Spuren des Malers* sind möglich. Anmeldungen beim Leiter des Museums, Urs Oskar Keller.

Dietrich hatte sein Haus und den Nachlass der Thurgauischen Kunstgesellschaft vermacht. Sie ist für das Dietrich-Haus sowie für den Nachlass zuständig; dieser wird im Kunstmuseum in der Kartause aufbewahrt.

Filme

Himmel blau – Gras grün. Ad. Dietrich 1877–1957. Dokumentarfilm (50 Min., Farbe), Buch und Realisation Robert Weiss, Redaktion Roy Oppenheim, Schweizer Fernsehen DRS, 1977

Ad. Dietrich, Kunstmaler. 1877–1957. Dokumentarfilm (90 Min., Farbe, 16 mm), Buch und Regie Friedrich Kappeler. George Reinhart Productions, 1991

Bücher

Heinrich Ammann, Christoph Vögele: Adolf Dietrich, Die Gemälde. Œuvrekatalog der Ölbilder und Aquarelle. Herausgegeben von der Thurgauischen Kunstgesellschaft und dem Schweiz. Institut für Kunstwissenschaft, Zürich. Verlag Wolfau Druck Rudolf Mühlemann, Weinfelden, 1994

Heinrich Ammann, Ad. Dietrich. Erste große Biografie und Monografie über den Künstler. Edition Scheidegger im Verlag Huber, Frauenfeld, 1977

Hans Buck, Hrsg., *Adolf Dietrich als Zeichner.* Rotapfel Verlag, Zürich, 1964

Karl Hoenn, Adolf Dietrich. Biografie mit Schwarzweißabbildungen. Verlag Huber & Co., Frauenfeld und Leipzig, 1942

Kataloge

Adolf Dietrich. Seine Themen. Sein Leben. 1994 herausgegeben vom Kunstmuseum des Kantons Thurgau anlässlich der gleichnamigen Ausstellung in der Kartause Ittingen

Adolf Dietrich und die Neue Sachlichkeit in Deutschland. Herausgegeben von Dieter Schwarz, Kunstmuseum Winterthur, Landesmuseum Oldenburg, 1994

Diverses

Hans Baumgartner, Erlebnis – Ereignis – Ergebnis. Fotoband. Ein Teil – 10 Seiten – enthält die schönsten Fotos von Adolf Dietrich. Benteli Verlag, Bern, 1996

Ein Hund namens Balbo. A. D. und weitere naive Maler in der Kartause Ittingen. Eine Wegleitung für Lehrer. Pestalozzianum, Zürich, 1985

Du. Schweizerische Monatsschrift. Nr. 1, Januar 1958. Einführung von Manuel Gasser in das Werk und Abbildungen von Bildern A. D.s. Conzett Huber, Zürich

Werner Raths, Nostalgischer Thurgau. Auf 6 Seiten Fotos mit Legenden von Berlingen aus der Zeit A. D.s. Verlag Ketty & Alexandre, Chapelle-sur-Moudon, 1997

Dank

Ich habe im Zusammenhang mit der Entstehung dieses Werks vielen zu danken, einige möchte ich hier erwähnen:

Heinrich Ammann, der A. D. offensichtlich nicht nur ein guter Freund war und viel von ihm bewahrt und weitergegeben hat, sondern der dem Menschen wie dem Künstler und der Landschaft des Untersees ein begeisterndes, liebevolles Denkmal gesetzt hat.

Urs Oskar Keller, der das Dietrich-Haus kenntnisreich betreut, hat mir selbstlos mit Rat, Tat und Unterlagen zu jeder Zeit geholfen. Seine *Dietrich-Wanderung* in Berlingen und Umgebung sei allen, die sich für A. D., dessen Werk und Welt interessieren, empfohlen.

Renate Nagel, die mir fünfundzwanzig Jahre lang aufmerksame, anregende Lektorin und wunderbare Verlegerin war – und wegen dieses Buches ihre offiziell abgeschlossene Lektorats-Tätigkeit verlängern musste.

Margot Amann und Marianne Lang, die mich immer wieder ermuntert haben und mir schließlich «den Rücken zum Schreiben freihielten».

Stiftungsrat und MitarbeiterInnen der Kulturstiftung des Kantons Thurgau, die das Werk finanziell unterstützten und arbeitsfördernd begleitet haben.

Der Schweizer Kulturstiftung Pro Helvetia danke ich für ihre Unterstützung ebenfalls herzlich.

Beat Brechbühl
Pfyn, im Januar 1999

Inhalt